Pierre Alexis Ponson duTerrail

Dragonne et Mignonne

Antigonos

Pierre Alexis Ponson duTerrail

Dragonne et Mignonne

Réimpression inchangée de l'édition originale de 1869.

1ère édition 2024 | ISBN: 978-3-38666-092-1

Antigonos Verlag est une marque de Outlook Verlagsgesellschaft mbH.

Verlag (Éditeur): Outlook Verlag GmbH, Zeilweg 44, 60439 Frankfurt, Deutschland
Vertretungsberechtigt (Représentant autorisé): E. Roepke, Zeilweg 44, 60439 Frankfurt, Deutschland
Druck (Imprimerie): Libri Plureos GmbH, Friedensallee 273, 22763 Hamburg, Deutschland

Quel crime voulez-vous me faire commettre ? (Page 2.)

DRAGONNE ET MIGNONNE

PAR

PONSON DU TERRAIL

PROLOGUE

I

Par une soirée pluvieuse et froide du mois de novembre 1792, une barque était amarrée dans une petite baie des côtes du Finistère, à quarante pas environ d'une hutte de pêcheur, dont la mer, lorsqu'elle était grosse, venait ébranler les murs et battre la porte à moitié disjointe.

La barque dansait sur la lame avec un sinistre bruit que causaient ses avirons en heurtant les bordages, l'Océan était gros de colères encore contenues, mais qu'un souffle de vent allait faire éclater ; et ce souffle n'était pas loin, si l'on en jugeait à la forme bizarre et tourmentée des nuages qui se mouvaient lourdement à l'horizon.

La nuit était proche, la pluie rétrécissait ce demi-cercle que, du haut des plages, l'œil paraît embrasser au loin sur la mer : cependant, aux dernières et blafardes lueurs de ce crépuscule privé de rayons, on apercevait, à cette ligne extrême qui sépare le ciel de l'Océan, un point noir qui semblait s'approcher de la terre avec une prudente circonspection.

Ce point noir n'était autre qu'un de ces petits bâtiments de commerce qui, pendant les orages révolutionnaires, sauvèrent de la guillotine tant de victimes, en les déposant, en une seule nuit, sur le rivage anglais. Dans la hutte du pêcheur il y avait un grand feu, autour duquel étaient assis trois personnages dont la différence de costumes indiquait suffisamment la diversité de rang et de profession.

Le premier était le maître de la hutte, un grand gaillard bien découplé, aux épaules larges, aux cheveux d'un roux ardent, aux mains calleuses et couvertes de ces durillons ineffaçables qui proviennent du frottement continuel de l'aviron. Ce n'était plus un jeune homme, peut-être était-ce un vieillard, mais des plus robustes à coup sûr.

Ses deux hôtes pouvaient avoir l'un et l'autre de vingt-trois à vingt-cinq ans ; ils étaient bruns de visage et de cheveux ; on aurait pu, à une vague ressemblance existant entre eux et provenant bien plus d'une communauté de type que d'une identité de race, les prendre pour deux frères, si l'un n'avait été vêtu d'un uniforme d'officier qui indiquait le gentilhomme, tandis que l'autre portait la livrée d'un valet ; le premier était assis sur l'unique chaise qui se trouvait dans la hutte, les pieds tournés vers le feu, son front appuyé dans ses mains, accoudé qu'il était à une table boiteuse et encore chargée des débris du plus modeste des repas. Une somnolence pénible, double résultat d'une longue marche et de navrantes préoccupations, paraissait s'emparer de lui, car sa tête s'inclinait parfois et ses yeux se fermaient à demi.

— Baptiste, dit-il tout-à-coup à son valet, à quelle heure devons-nous partir ?

— A minuit, monsieur le chevalier.

— Quelle heure est-il ?

— Huit heures à peine.

— Quatre heures encore ! murmura le chevalier, et l'on m'attend là-bas, car ma place est dans les rangs de l'armée du roi.

— Si monsieur le chevalier voulait écouter mon conseil, dit le valet dont la voix était dominée par une intraduisible émotion, il essayerait de dormir et s'allongerait sur ce grabat. Monsieur le chevalier ne s'est pas couché depuis bientôt trois jours, et il doit être brisé. Kervan et moi nous veillerons sur le repos de monsieur le chevalier, et nous le ferons relever aussitôt que le lougre anglais sera près des côtes.

— Soit, répondit le chevalier ; pour être fort il faut dormir, et j'ai besoin de toutes mes forces car j'ai encore à faire un long voyage.

Il s'allongea sur une méchante paillasse placée dans un coin de la hutte, et peu après on entendit résonner cette respiration bruyante qui n'appartient qu'à la jeunesse lorsqu'elle dort de son calme et pesant sommeil.

Celui qui eût surpris alors l'éclair de sombre joie qui brilla dans l'œil de Baptiste en eût été épouvanté ; un rire silencieux et terrible glissa sur ses lèvres et mit à nu ses dents aiguës et blanches qui trahissaient l'origine méridionale.

Il ouvrit la porte de la hutte, fit un signe discret au pêcheur et se dirigea vers la grève, où la lame rugissait et se couronnait d'écume en galopant sur le galet.

Le pêcheur le suivit sans trop savoir de quoi il était question, et tous deux s'arrêtèrent à vingt pas de la cabane et se regardèrent, l'un avec curiosité, l'autre avec une expression subite de résolution et d'audace qui fit reculer d'un pas le robuste pêcheur.

— Dites donc, l'ami, fit alors Baptiste à mi-voix, M. le chevalier vous a promis cinq louis pour le conduire dans votre canot jusqu'au lougre ?

— Oui, dit le pêcheur, ce n'est pas trop, car je joue ma tête chaque jour à passer des émigrés.

— Croyez-vous en Dieu ?

— C'est selon, répondit le pêcheur.

— Avez-vous des scrupules ?...

— C'est selon encore...

— Si je vous offrais mille louis ?...

L'œil du pêcheur étincela comme naguère celui de Baptiste.

— Quel crime voulez-vous donc me faire commettre ? demanda-t-il.

— Aucun ; je me charge de tout.

— Mais encore...

— Eh ! dit soudain le valet prenant à sa ceinture un pistolet tout armé, je vous casse la tête en cas de refus.

Le geste avait été si prompt, l'énergie qui brillait dans l'œil du valet était si terrible que le pêcheur se vit contraint d'obéir sans plus ample explication.

— Que faut-il faire ? demanda-t-il.

— Presque rien, répondit Baptiste. Vous voyez cette futaille.

Et du geste il indiquait un tonneau qu'un navire trop lesté avait jeté à la mer par le gros temps et qui s'était crevassé en se heurtant aux rocs de la grève, poussé qu'il était par les lames en fureur.

— Prenez-la, ajouta Baptiste, et suivez-moi.

Le pêcheur s'empara de la futaille et la souleva dans ses bras robustes, malgré son poids et sa dimension ; puis, sur un signe du valet, il la déposa à l'entrée de la hutte.

Le chevalier dormait toujours ; Baptiste n'avait point remis à sa ceinture ce pistolet qui lui assurait la complicité du père Kervan : c'était le nom du pêcheur.

— Maintenant, continua le laquais à voix basse, cherchez des cordes, et, si vous n'en avez pas, prenez du fil de caret. Très-bien. Voici mon mouchoir, vous allez saisir le chevalier à la gorge et vous le bâillonnerez.

Le père Kervan tremblait de tous ses membres, car il commençait à comprendre ; mais il voyait le canon du pistolet à la hauteur de sa tempe, et il se résigna à obéir.

Le chevalier, éveillé en sursaut par la brusque pression des mains du pêcheur qui étreignirent son cou comme un étau, ouvrit les yeux et voulut crier, mais il fut bâillonné sur-le-champ ; il essaya de se débattre et de renverser son agresseur, mais Kervan lui appuya son genou sur la poitrine et le garrotta en un tour de main, et si solidement, qu'il lui fut impossible de faire un mouvement.

Baptiste assistait à cette étrange exécution avec un horrible sang-froid et supportait avec calme le regard indigné de son maître, dont le geste et la voix étaient complétement paralysés.

— A présent, reprit le laquais s'adressant au pêcheur, souviens-toi de ton premier métier, père Kervan, car tu as été charpentier à bord d'un navire du roi, prends un marteau et des clous, et *rafistole*-moi ce tonneau de façon qu'il puisse être un logis agréable à M. le chevalier.

Le père Kervan obéit encore. Il rejoignit les douves l'une après l'autre, à l'exception de trois qu'il fit sauter hors des cercles, et, aidé de Baptiste, qui, pour un moment, déposa son pistolet sur la table, il enleva le chevalier de son grabat et le plaça dans le tonneau, couché sur le dos et étendu tout de son long ; puis, sur un nouveau signe du laquais, il rajusta soigneusement les douves, et le chevalier se trouva enseveli vivant dans cet étrange cercueil, n'ayant plus avec le monde d'autre communication que le trou de la bonde, trou que Baptiste jugea inutile de boucher.

— Il faut, dit-il, que M. le chevalier puisse avoir de l'air et respire tout à son aise, car il va faire un long voyage.

Puis il poussa du pied le tonneau dans un coin et se tourna vers le pêcheur :

— Tu peux border tes avirons, lui dit-il, nous allons partir. J'ai aperçu tantôt le beaupré du lougre ; il court des bordées à une lieue à peine.

— La mer est mauvaise, répondit Kervan, nous ferions mieux d'attendre encore.

— Non pas, répondit impérieusement Baptiste en ressaisissant son pistolet, je suis pressé.

— Je suis à vos ordres, murmura Kervan.

Le laquais prit alors sous la table une petite valise qu'il ouvrit, et il en retira un vêtement complet qui n'était autre que la petite tenue d'un officier de la marine du roi ; cet uniforme appartenait au chevalier, qui servait naguère en qualité d'enseigne sur une frégate de Sa Majesté.

Le chevalier venait de Toulon, en droite ligne ; il était porteur d'un message important des royalistes du Midi à l'armée de Condé. Désespérant de pouvoir passer la frontière allemande et gagner Coblentz par le Nord, le chevalier avait préféré traverser la Bretagne, où les émigrés étaient protégés partout, et s'embarquer pour l'Angleterre, d'où il lui devait être facile de gagner les Pays-Bas et la Prusse.

Baptiste dépouilla lestement ses habits de laquais, et, devant le pêcheur interdit, endossa pièce à pièce sa petite tenue de marin ; puis il prit l'épée que le chevalier avait retirée de son ceinturon et placée dans un coin, et se la passa galamment en verrouil ; enfin il se coiffa du tricorne de son maître, et regardant le pêcheur stupéfait :

— Comment me trouves tu, drôle ? lui demanda-t-il ; penses-tu que je ne ferai pas un gentilhomme accompli ?

Le pêcheur ne répondit pas. Peut-être éprouvait-il honte et remords de sa complicité dans ce crime sans précédent.

— Allons, continua le laquais lorsqu'il eut achevé sa métamorphose, en route, mon maître ! et prends ce tonneau. M. le chevalier fera avec nous une partie du voyage.

Kervan obéit ; le terrible pistolet lui semblait la plus significative des logiques.

Baptiste s'arma d'une torche de résine et éclaira le pêcheur, qui déposa à l'avant de la barque ce bizarre cercueil où le vrai chevalier était enfermé tout vivant ; puis il s'installa lui-même à côté et dit à Kervan :

— Pousse au large !

Le père Kervan s'assit sur son banc, après avoir ouvert la chaîne qui retenait le canot à un anneau de fer enfoncé dans le roc, et, d'un coup d'aviron, il se trouva à dix brasses de la plage.

La mer était mauvaise, ainsi qu'il l'avait dit ; le vent s'élevait, les vagues se dressaient écumantes et blanchâtres, et la frêle embarcation qui portait les trois hommes se trouvait tantôt suspendue à leur sommet, tantôt plongée en d'incommensurables abîmes. Kervan nageait avec vigueur, la sueur ruisselait sur son front ; de temps à autre il tournait la tête et cherchait à s'orienter sur le fanal de poupe du lougre ; mais il apercevait le laquais devenu gentilhomme qui se tenait debout à l'avant, le pied dédaigneusement posé sur le tonneau qui enfermait son maître, et la vue de ce misérable le glaçait d'horreur à ce point qu'il oubliait le lougre et le fanal, et se courbait de nouveau sur les avirons.

— Maître, lui dit tout à coup Baptiste, tu es las, passe-moi tes rames, je vais nager à mon tour, et ne crains rien, j'ai été matelot sur la *Capricieuse*, une belle frégate du roi que commandait en second M. le chevalier. Demeure à ton banc, il y a ici près d'autres chevilles de fer.

Le père Kervan, pour ne point se retourner, éleva ses avirons au-dessus de sa tête et les tendit en arrière à Baptiste, qui s'en empara.

Mais tout aussitôt le pêcheur poussa un cri étouffé et roula au fond de la barque ; d'un coup d'aviron sur le haut de la tête, Baptiste l'avait assommé.

Alors, sans perdre de temps, le laquais saisit à bras-le-corps le pêcheur évanoui, et le lança à la mer, où il disparut sous une vague.

— Voilà, dit-il, un gaillard qui ne livrera point mon secret, j'imagine. A nous deux, maintenant, monsieur le chevalier.

Et Baptiste se pencha sur le tonneau, et plaça ses lèvres à la hauteur du trou par où le chevalier pouvait respirer.

— Mon doux seigneur, lui dit-il avec un accent de féroce raillerie, vous aviez la main leste autrefois, et vous m'avez bâtonné en mainte occurrence. Je crois même que vous y preniez un certain plaisir, parce que j'avais l'insolence de vous ressembler, moi, votre laquais ! Eh bien, voyez cependant combien cette ressemblance va me servir ; il y a dix ans que vous n'avez mis les pieds en Morvan, nous arrivons des Indes tous deux, nul ne vous a vu en France, nul ne pourra juger, à l'étranger, que je ne suis pas le chevalier de Lancy ; comprenez-vous ?

Je vais rejoindre les émigrés... Oh ! soyez tranquille, mon doux seigneur, j'ai de l'usage et une certaine bravoure, je porterai bien votre nom ; je me battrai en gentilhomme. Et lorsque la bourrasque aura passé, quand nous reviendrons en France, nous tous les fidèles du roi, votre vieux père le marquis et votre frère le comte me recevront à bras ouverts dans leur manoir morvandiau de la Fauconnière.

Je deviendrai le héros de votre famille, monseigneur ; je partagerai votre haine héréditaire pour les barons de Vieux-Loup, vos voisins, et pas plus que vous ne l'auriez souffert, je ne les laisserai point chasser sur mes terres.

Adieu donc, chevalier, mon doux maître, il faut nous quitter, c'est indispensable, car il ne peut y avoir maintenant deux chevaliers de Lancy. Mais avouez que votre laquais Baptiste est un garçon qui ne manque nullement de procédés délicats ; je vous ai réservé, à vous, enseigne de corvette, des funérailles de marin.

Un éclat de rire acheva la phrase du scélérat, puis il lança le tonneau par-dessus le bordage, et le vrai chevalier de Lancy s'en alla sur le dos des lames rejoindre le cadavre de Kervan le pêcheur...

II

On était au mois de juillet 1815. C'était le matin vers neuf heures, sur le boulevard de Gand, au Café de Paris. Les alliés encombraient encore les rues de la capitale, et les uniformes les plus bizarres, les plus variés, depuis le bonnet fourré des Cosaques jusqu'à la pelisse du hussard hongrois, se croisaient dans tous les sens.

Le Café de Paris, qui, dès cette époque, jouissait de la vogue qu'il possède aujourd'hui encore, était le rendez-vous de deux camps bien opposés qui recherchaient toutes les occasions possibles de se trouver mutuellement en présence.

Le premier se composait de quelques officiers de l'empire, mis en demi-solde par le nouveau régime, glorieux parias qui pleuraient leur général et protestaient à coups d'épée, chaque matin, dans les allées du bois de Boulogne, contre l'envahissement de notre territoire. Le second se recrutait de quelques majors prussiens et autrichiens et d'un petit nombre de gentilshommes récemment rentrés en France, qui s'indignaient de l'épithète ridicule de voltigeurs de Louis XV.

Chaque jour, d'une table à l'autre, dans un corridor, sur les marches du perron, un regard, un défi, étaient échangés, et on allait se battre.

La police avait fini par ne plus s'en mêler, tant le fait se renouvelait fréquemment.

Or, ce jour-là, vers neuf heures, dans le grand salon du Café de Paris, deux officiers de l'ancienne armée française fumaient en prenant du chocolat, et causaient à voix basse. Ils étaient vêtus du costume de ville, mais leur longue moustache retroussée et la façon toute militaire dont était boutonnée leur redingote ne laissaient prendre le change à personne sur leur profession.

Le café était à peu près désert à cette heure matinale, et l'un des deux officiers disait à son camarade :

— Je vous avoue, mon cher, que, malgré mes opinions royalistes, dont je ne me suis jamais départi, du reste, et pour lesquelles Sa Majesté l'Empereur daigne faire quelque cas de moi, je ne serais nullement fâché de rencontrer un major prussien qui voulût bien me permettre de l'envoyer dans l'autre monde pour me venger ainsi de nos humiliations et de nos revers.

— Et moi, répondit le second interlocuteur, je tirerais volontiers l'épée contre un émigré.

— Vous n'êtes pas gentilhomme, vous, mon cher Roland, et cela vous est permis. Mais moi, je suis baron, et ne puis oublier que les émigrés sont tout simplement mes parents, mes amis, mes coreligionnaires. Ils ont suivi leur roi, je suis demeuré pour servir mon pays. C'est la seule différence qui existe entre nous.

Au moment où le baron achevait, deux hommes portant l'uniforme de capitaine au chevau-légers entrèrent et vinrent s'asseoir à une table voisine. A l'empressement que montra le garçon à leur arrivée, il était aisé de les reconnaître pour des habitués, et l'officier de l'Empire tressaillit tout à coup lorsque le maître de l'établissement, s'approchant lui-même, eut dit à l'un d'eux :

— Monsieur le chevalier de Lancy désire-t-il déjeuner ?

Celui qu'on venait de nommer le chevalier de Lancy était un homme de quarante-cinq à quarante-huit ans, de haute taille, à la figure basanée, aux cheveux noirs, à peine argentés çà et là d'un filet blanc. Il avait le geste impérieux, l'œil fier, la mine hautaine. Il entama presque aussitôt avec son ami une conversation dont les premiers mots étaient évidemment désagréables aux deux officiers de l'empire, car celui qui avait tout à l'heure avoué son titre de baron se leva et vint à lui :

— Monsieur, lui dit-il poliment, deux mots, s'il vous plaît.

— Je vous écoute, monsieur.

— Vous êtes le chevalier de Lancy ?

— Pour vous servir, monsieur.

— Gentilhomme du Morvan ?

— Précisément.

— Et le fils du marquis de Lancy, mort il y a trois ans ?

— Vous touchez juste.

— Me permettez-vous, à mon tour, de vous décliner mon nom?

— Je l'attends avec impatience, monsieur.

— Eh bien, monsieur, je suis le colonel baron de Vieux-Loup, votre voisin de terre.

— Ah! ah! dit le chevalier.

— Vous savez, reprit le baron, que nos deux familles ont toujours eu l'une pour l'autre, et cela à travers les siècles, une vieille antipathie...

— Dont la cause première se perd dans la nuit des temps, riposta le chevalier.

— Pardon, reprit le baron, je crois que vous faites erreur, et si vous voulez bien me le permettre, tandis qu'on apprête votre déjeuner, je vous ferai l'historique de notre haine commune. Elle remonte au règne de Charles IX.

— En effet, je crois me souvenir.

— Attendez, chevalier : Enguerrand, baron de Vieux-Loup, était capitaine aux lansquenets; Guy, marquis de Lancy, cornette aux Suisses. Dans la nuit de la Saint-Barthélemy, ils voulurent sauver la même dame; la dame sauvée, ils engagèrent le fer et firent coup fourré.

— Vous avez raison, dit le chevalier.

— Sous Louis XIII, poursuivit le baron, mon trisaïeul Gaston de Vieux-Loup servait aux mousquetaires; le vôtre, Hector de Lancy, était guidon aux gardes de Son Éminence. Ils se croisèrent un jour dans le grand escalier du château de Rueil. L'épée du baron s'accrocha dans les chausses du marquis; ils se regardèrent, se souvinrent de la fin tragique de leurs aïeux et dégaînèrent sur-le-champ.

— Mon père m'a conté cela, interrompit le chevalier.

— Le marquis fut tué roide, et le cardinal, qui montait l'escalier en ce moment, le reçut tout sanglant dans ses bras. Ceci lui procura même l'occasion d'un joli mot; il dit au baron : « Vous m'avez fait une mauvaise plaisanterie, monsieur, et si ma robe n'était rouge, le sang de mon garde me couvrirait des pieds à la tête. »

Sous Louis XIV, poursuivit de Vieux-Loup, nos pères se firent protestants; le roi leur retira leur droit de chasse et en investit les Lancy. D'où il résulta que Louis de Vieux-Loup coupa le jarret au lévrier favori du marquis, son voisin, lequel lui envoya deux balles dans le bras et le lui cassa roide.

Depuis lors les Lancy et les Vieux-Loup évitèrent de se rencontrer; leurs chiens ne chassèrent jamais ensemble, et quand il y avait fête à votre manoir de la Fauconnière, on éteignait un candélabre dans le grand salon de notre château de la Châtaigneraie. Voilà, monsieur, l'histoire précise de notre animosité.

— Eh bien? demanda le chevalier.

— Eh bien, monsieur, reprit le baron, il me paraît raisonnable et bien que cette animosité se perpétue. Que vous en semble?

— Mais, dit le chevalier avec hauteur, je n'y vois aucun inconvénient, monsieur.

— Et tenez, reprit le baron, le hasard me paraît s'en mêler singulièrement à propos.

— Vous trouvez?

— Parbleu! nous nous rencontrons ici, dans ce café qui est presque un champ de bataille. Vous êtes capitaine de chevau-légers, émigré rentrant. Vous avez le verbe hardi et le geste hautain du vainqueur; je suis, moi, colonel d'un régiment de la garde impériale, rangé et parqué parmi les vaincus, contraint de voir les officiers russes et prussiens fouler les boulevards de Paris, et voici que nous nous trouvons en présence, et chacun dans un camp opposé.

— C'est juste.

— Les Vieux-Loup et les Lancy des âges éteints ne trouvèrent jamais une plus belle occasion de croiser le fer, n'est-ce pas?

— En effet, dit le chevalier.

— Vous plairait-il me donner votre heure?

— Ce sera la vôtre.

— Quant à l'arme, inutile d'en parler. Entre gentilshommes, on choisit l'épée.

— J'allais vous le dire.

— Eh bien, tenez, poursuivit le baron, voici précisément un cabriolet de régie, nous avons un ami chacun, allons voir où en sont les jeunes pousses au bois de Boulogne.

— Monsieur, répondit le chevalier, j'ai une autre proposition à vous faire.

— Je vous écoute, monsieur.

— Le maître de l'établissement a ici une grande considération pour moi.

— Vous me paraissez la mériter de tout point, monsieur.

— Il se fera un plaisir de nous prêter un de de ses cabinets, le plus large.

— A quoi bon?

— Le roi n'aime pas les duels; au bois de Boulogne, une égratignure fait scandale.

— Comme il vous plaira, monsieur.

— Me donnerez-vous le temps de déjeuner?

— Parfaitement; je sais par expérience qu'un galant homme se bat médiocrement à jeun.

Le chevalier déjeuna, le baron acheva son cigare, puis ils montèrent au premier étage avec leurs témoins, s'installèrent dans un cabinet dont on avait tout exprès enlevé les meubles, et ils mirent l'épée à la main.

A la troisième passe, le chevalier de Lancy reçut un coup de quarte dans la poitrine et tomba sans pousser un cri.

La mort avait été instantanée.

PREMIÈRE PARTIE

LA CHASSERESSE

I

La route de Lyon à Nevers, qui passe par Villefranche et Charolles et longe les dernières montagnes de la haute Auvergne, côtoie, pendant quelques lieues, la lisière du Morvan.

Le Morvan est une province peu connue et dont le nom n'éveille de souvenirs que chez les chasseurs; c'est un coin montagneux, une petite Écosse, un canton sauvage et d'une âpre poésie, jeté comme par hasard entre les collines verdoyantes et les plaines fertiles du Nivernais et du Berri, et les coteaux chargés de vignobles de la basse Bourgogne.

Le Morvan est une contrée giboyeuse; par suite, elle est peuplée de braconniers.

Ses vallons boisés, ses sites abruptes rappellent les Alpes; çà et là, sur un roc, au coin d'un bois de châtaigniers, le voyageur attardé par les chemins de traverse découvre une ruine féodale dont une aile est encore habitée par des gentilshommes devenus paysans ou des paysans qui ont eu grand'peine à installer leur métairie et leurs greniers à foin dans la vieille demeure des gentilshommes.

Un étrange lien d'amitié, de parenté même, unit encore le paysan morvandiau à son ancien seigneur, qui généralement est aussi pauvre que lui. L'un et l'autre sont braconniers, le premier par nécessité, le second par orgueil de caste. Tous deux dédaignent le permis de chasse et sont en perpétuelle contravention avec la loi. De là une étroite amitié, un dévouement réciproque que resserrent et augmentent une certaine communauté d'idées, une singulière uniformité de mœurs. Le gentilhomme morvandiau ressemble fort à l'ancien seigneur breton. Il est vêtu comme un paysan; il porte souliers ferrés et guêtres de cuir; il se tient volontiers, pendant les soirées d'hiver, sous le manteau de la cheminée des cuisines, et écoute gravement les légendes des pâtres et les sornettes du bouvier.

Les traditions superstitieuses d'autrefois, de vieilles haines dont l'origine est douteuse, ont survécu, en Morvan, au passage des révolutions; il n'est pas rare de rencontrer à une lieue l'un de l'autre deux manoirs croulants, abritant deux races de Capulets et de Montaigus.

Au commencement d'octobre de l'année 1847, par une soirée pluvieuse et tellement embrumée qu'on n'y pouvait voir à dix pas devant soi, un cavalier suivait au petit pas, et se fiant entièrement à l'instinct de sa monture, un sentier étroit et rocailleux courant entre un précipice au fond duquel roulait un torrent et une bande de bruyères grises qui léchait les derniers escarpements d'une chaîne de collines.

C'était un jeune homme de vingt-cinq à vingt-six ans, d'une taille avantageuse, brun de visage et de cheveux, assez régulièrement beau, et possédant surtout cette mobilité de traits, cette physionomie intelligente qui séduit chez l'homme bien mieux qu'un type de beauté accompli, trop ordinairement dépourvu d'expression.

Son costume de voyage, bien que des plus simples, avait ce cachet d'élégance qui décèle le Parisien; l'insouciance avec laquelle il voyait arriver la nuit et bravait la pluie qui lui fouettait le visage trahissait cette bravoure singulière, cette gaieté sans nuages que l'habitant de la grande ville conserve dans ses plus lointaines pérégrinations.

Il pouvait être environ sept heures; le jour baissait rapidement, et le brouillard épaississant à mesure, en même temps que le sentier devenait plus difficile et plus roide, force devait être bientôt à notre voyageur de s'arrêter et de chercher un abri pour la nuit sous l'auvent de quelque rocher, s'il n'avait une connaissance parfaite du pays.

Il n'y songeait point cependant, car il fredonnait le plus joyeusement du monde un air d'opéra, il paraissait se peu soucier de la pluie qui pénétrait son manteau et ses vêtements.

Mais tout à coup le cheval broncha, puis, s'arrêtant court, refusa d'avancer. Le cavalier fut donc contraint de s'occuper un peu plus de son chemin et un peu moins de son motif musical. Il reconnut alors que le sentier qu'il suivait aboutissait à un pont de troncs d'arbres jeté sur un ravin, et que ce pont avait été emporté par les derniers orages, si bien qu'il était impossible d'aller plus loin.

« Morbleu ! se dit-il, mes chers oncles les paysans gentilshommes auraient bien dû m'envoyer un guide à Nevers, pour me conduire sans encombre jusqu'à leur nid d'oiseaux de proie. Ces gens-là s'imaginent que j'ai le pied montagnard comme eux, et que j'y vois la nuit, ainsi qu'un chat de gouttière. Que vais-je donc devenir jusqu'à demain? Il doit bien y avoir un autre sentier quelque part; mais il faut le trouver, et je défierais Christophe Colomb lui-même d'en venir à bout par le brouillard qu'il fait. Brrr ! cette pluie me glace les os. Cherchons un gîte; on dit qu'il y a une Providence pour les ivrognes, les voyageurs et les Parisiens; je sais me griser, j'habite Paris et je voyage : la Providence ne peut manquer de s'offrir à moi sous la forme la plus simple, fût-ce celle d'une grotte ou même d'un arbre assez touffu pour nous abriter mon cheval et moi. »

Le jeune homme mit aussitôt pied à terre, et, laissant le sentier, remonta à travers les bruyères jusqu'à une touffe d'arbres qui masquaient assez bien un bloc de roche creuse, sous laquelle il se plaça avec sa monture, qu'il laissa en liberté après s'être assis lui-même sur une couche de bruyère, préservée de l'humidité par ce toit naturel.

« Fort heureusement, continua-t-il en reprenant son aparté, lorsqu'il se fut installé le plus commodément possible, fort heureusement j'ai déjeuné tard à Nevers, et je me suis pourvu de cigares ; car je crois que je ne dînerai pas ce soir, et que je serai contraint de passer la nuit ici, à mélanger de mon mieux la fumée de mon panatellas avec le brouillard du ciel. »

Le voyageur tira un cigare de son étui, l'alluma, puis s'étendit sur les bruyères et se mit à fumer avec la gravité d'un musulman.

« Il est, dit-il en lui-même lorsqu'il en fut à sa quatrième bouffée, il est de singulières phases dans l'existence d'un homme du monde qui a le malheur d'être endetté. Il y a quarante-huit heures à peine, j'étais chez moi, à Paris, rue du Helder, dînant gaiement avec Azurine et mes bons amis Restaud et d'Éparny ; nous causions des courses dernières, et je songeais à acheter *Blidah*, la jument arabe du petit comte Persony. Le champagne était bien frappé, on avait suffisamment chauffé le bordeaux, et je me trouvais dans un tel état de béatitude que j'avais oublié mes dettes et une certaine lettre de change souscrite au bénéfice de Thomas Baptiste, mon carrossier, lequel me logera bien certainement rue de Clichy, si je n'arrange mes affaires au plus vite. Arrive une lettre... !

« Pardieu ! cette lettre est trop curieuse pour que je ne la relise point à la lueur de mon cigare, car le jour me fait complétement défaut. »

Le voyageur prit dans la poche de son gilet un chiffon de papier grisâtre, plié grossièrement et qui avait dû être cacheté, à défaut de cire, avec de la mie de pain. Une grosse écriture et une orthographe de pure fantaisie en couvraient le recto et le verso sur les trois premières pages.

Le Parisien relut à mi-voix avec une inflexion de raillerie légère :

« Monsieur mon neveu,

« Mon frère Antoine me sert de secrétaire, car vous savez que je n'ai jamais appris à écrire, étant né pendant la révolution ; mais c'est moi, votre oncle Joseph, qui dicte la présente. Bien que nous ne vous ayons jamais vu, Antoine et moi, car vous n'êtes point venu nous rendre visite en Morvan, j'ai tout lieu de croire que vous avez pour nous l'affection qu'un bon gentilhomme doit conserver aux frères de son père, et je suis persuadé que ma lettre vous fera un plaisir infini.

« Notre frère bien-aimé Louis, votre père, était notre aîné de près de dix ans. Aussi avions-nous pour lui une tendresse respectueuse, et avons-nous toujours regretté vivement qu'il nous eût quittés, en 1805, pour aller servir dans les armées de l'empereur. Il est vrai que ce départ fut pour lui une source de fortune,

puisqu'il épousa votre mère, qui avait cinquante mille livres de rente.

« Mais il paraît qu'on dépense beaucoup à Paris, lorsqu'on est jeune et bien tourné comme vous, car il nous est revenu que vous aviez mené si grand train depuis la mort de notre frère Louis, que vous étiez aux trois quarts ruiné, ce qui nous a affligés plus que vous ne sauriez croire. Cependant, peut-être avons-nous trouvé un moyen de réparer en partie vos pertes, et ce moyen le voici :

« Vous savez que nous avions un quatrième frère qui s'appelait Pierre, et qui est mort il y a huit ans. Il nous est resté de lui une fille qui aura seize ans vienne la Toussaint, et nous sommes *quasiment* à la fin d'octobre.

« C'est la plus jolie fille qu'on ait jamais vue de Saint-Pierre à Saint-Landry en passant par notre manoir de la Châtaigneraie et en allant jusqu'au château de la Fauconnière, où nichent ces oiseaux de malheur qu'on appelle les Lancy.

« À propos des Lancy, je dois vous dire que le marquis est aux trois quarts mort et qu'il ne quitte plus son fauteuil. Quant à son fils, c'est un grand benêt qui se cache sitôt qu'il nous voit. Mais sa sœur est un vrai démon ; nous n'osons plus mettre le pied dans le parc de la Fauconnière depuis qu'elle nous a envoyé une charge de sel dans les jambes à mon frère Antoine et à moi. Elle tient contre nous des propos à faire frémir, et nos laboureurs frissonnent des pieds à la tête quand ils la rencontrent.

« Je vous assure qu'elle est bien nommée, et son sobriquet de Dragonne lui va à ravir.

« Mais revenons à notre nièce. Je vous disais donc que c'était la plus jolie fille du pays ; nous l'avons fait *éduquer* par le curé du village, et elle est tout à l'heure plus savante que lui. Elle est si petite, si frêle, si blonde, que nous l'avons appelée Mignonne. Elle a des mains roses et menues comme vos dames de Paris, et nous en sommes amoureux, mon frère et moi, à ce point, que nous l'épouserions, l'un ou l'autre, si nous n'avions passé la soixantaine. Du reste, si cela arrivait, nous nous brouillerions très-certainement, et c'est pour cela que nous avons songé à vous.

« Mignonne sera riche après nous. Nous avons un beau bien, et nous l'augmentons chaque année des trois quarts de nos revenus, ne dépensant rien pour nous. Depuis dix ans nous n'avons eu, mon frère Antoine et moi, qu'une seule fantaisie, et je vous assure que ce fut bien à tort. Nous achetâmes, l'an dernier, deux fusils Lefaucheux, des armes qui se chargent par la culasse. Nous n'avons jamais pu nous en servir, et nous en sommes revenus à nos vieux fusils de braconniers.

« Il faut vous dire que Mignonne aura bien cinq cent mille francs quand nous serons morts, et c'est un beau denier en tout pays. Nous avons donc pensé, mon frère Antoine et moi, qu'il vous conviendrait de l'épouser. C'est pourquoi je vous écris. Si notre proposition vous convient, venez; sinon, répondez-nous.

« Il faut vous dire que le fils Lancy est toujours fourré dans les environs; comme je suis persuadé que vous détestez les Lancy presque autant que nous, j'aime à croire que vous arriverez au plus vite, ne serait-ce que pour empêcher ce drôle d'en conter à notre Mignonne. Sur ce, mon cher neveu, nous vous embrassons de tout cœur, mon frère Antoine et moi.

« Baron JOSEPH DE VIEUX-LOUP, seigneur de LA CHATAIGNERAIE. »

« *P. S.* — Mon frère Antoine, qui est un savant, a lu dans les livres que les mariages d'amour étaient les meilleurs; aussi n'avons-nous parlé de rien à Mignonne, afin qu'elle vous aime; ce qui ne peut manquer, car on dit que vous êtes fort joli garçon. »

Le jeune voyageur termina la lecture de cette lettre par un nouveau sourire, et puis il se dit :

« Il est possible que cette petite fille qu'on appelle Mignonne, et dont mes chers oncles font un si grand éloge, soit en effet gentille; à coup sûr, une dot de cinq cent mille francs a bien son mérite, mais ces braves messieurs de Vieux-Loup se moquent de moi, très-certainement, s'ils supposent que je vais épouser leur querelle avec leur vieux voisin le marquis de Lancy. Ce serait au moins curieux, pour ne pas dire ridicule, qu'en l'an de grâce mil huit cent quarante-sept, moi Gaston de Vieux-Loup de la Châtaigneraie, membre du Jockey-Club et d'une foule de sociétés et d'institutions remarquables au point de vue du progrès de la reproduction et de l'amélioration des races chevalines, j'allasse continuer une petite guerre de clocher remontant à Charles IX! Me voyez-vous chaussant un éperon d'acier, montant un destrier gris de fer, et, la lance au poing, m'en aller clouer avec ma dague mon gant sur la porte de mes voisins les marquis de Lancy? Le tout dans le but unique de plaire à mon oncle Joseph, qui ne sait pas écrire, et à mon oncle Antoine qui a un style et une orthographe de si haute fantaisie! Il est vrai, reprit Gaston de Vieux-Loup (nous pouvons, dès à présent, lui donner ce nom), il est vrai que je débute en Morvan par le métier de chevalier errant, et que, l'éloquence de mes oncles aidant, je pourrais prendre jusqu'à un certain point mon rôle au sérieux. »

II

Le voyageur fut interrompu dans ses réflexions par une voix fraîche et mâle, une voix d'adolescent, qui chantait au loin, sous les bruyères, ce couplet d'une fanfare de chasse célèbre autrefois parmi les veneurs du centre de la France :

> Holà! sus! Fanfare et Bellone,
>   L'aube luit,
> Et ma bonne trompe résonne,
>   Avec bruit.
> Je vais vous découpler, mes belles;
>   Il le faut!
> Le cerf en verra de cruelles,
>   Tayaut!
> Tayaut! Bellone la vaillante;
> Tayaut! Fanfare, au poil brûlé,
> De ma meute la plus ardente,
> Tayaut! — Le soleil est levé.

« Oh! oh! dit Gaston de Vieux-Loup en riant, voici le second épisode de mon voyage; le troubadour vient au secours du chevalier errant. »

Et comme il savait parfaitement la fanfare dont lui arrivait le premier couplet, il sortit à demi de la grotte et continua à pleins poumons :

> A l'horizon court un nuage,
>   Au flanc noir,
> Mes belles, nous aurons l'orage,
>   Avant ce soir.
> Mais qu'importent grêle et tempête,
>   Noir ouragan,
> Qui des sapins courbe la tête,
>   Au veneur franc;
> Au franc veneur dont la fanfare
> Éveille les échos des bois
> Et qui poursuit sans crier : *gare!*
> La bête de chasse aux abois!

« Parbleu! se dit Gaston, ce beau chasseur qui chante si lestement la *Fanfare de la reine* ne peut ignorer le troisième couplet, et s'il est vrai que tous les veneurs sont frères en saint Hubert, il me répondra et viendra à mon aide. »

Le voyageur ne se trompait pas, la voix des bruyères, qui semblait se rapprocher, reprit aussitôt :

> Tayaut! tayaut! Fanfare la vaillante,
>   Bien lancé!
> Ce n'est point, morbleu, chevrette tremblante
>   Ni daim blessé!
> Ce n'est pas un cerf à son troisième âge,
>   Pas plus qu'un dix-cors,
> C'est un solitaire au rude pelage,
>   Un vieux retors!
> Hallali! Fanfare! Hallali! Bellone!
>   Trois fois hallali!
> Le vieux saint Hubert de joie en frissonne!
>   Dans son paradis.

« Ce garçon-là, murmura Gaston, a la voix flûtée comme une jolie fille et il arrive comme marée en carême. Je meurs de faim : voyons le quatrième et dernier couplet, afin qu'il ne s'égare pas dans le brouillard. Je tiens essentiellement à souper et à ne point coucher ici. »

Et Gaston chanta gaillardement :

Je voyage en touriste, je vais à l'aventure. (Page 10.)

Le vieux saint Hubert va trouver saint Pierre,
    Et lui dit :
« Laisse-moi sortir une heure entière.
    — Ah! veneur maudit,
Lui répond le saint, veneur sans entrailles,
    Veneur inhumain,
Si je te lâchais par les jeunes tailles,
    Ce soir ni demain,
Demain ni jamais, à ma porte close,
    On ne te verrait revenir.
Les veneurs sont gens qui de toute chose,
    Promesse ou serment, perdent souvenir. »

Gaston s'arrêta, bien que le quatrième couplet eût encore une stance; il voulut permettre ainsi à la voix des bruyères de l'achever, et il avait calculé juste, car ces quatre derniers vers retentirent à quelques pas dans le brouillard :

    « N'as-tu point assez couru cerf et lièvre,
        Loup, renard et daim?
    Laisse là ta trompe et calme ta fièvre... »
Saint Hubert murmura : « C'est fâcheux d'être saint. »

Au moment où la voix s'éteignait, deux chiens de chasse de la race vendéenne sortirent des bruyères et vinrent bondir auprès de Gaston, en même temps qu'un jeune homme de taille moyenne se dégageait du brouillard et apparaissait au voyageur, un fusil de chasse à la main et une carnassière au dos.

C'était un tout jeune homme, autant que l'obscurité pouvait permettre d'en juger, un joli garçon, de bonne mine et d'excellente maison, dont le justaucorps de chasse enfermait une taille fine et cambrée, et dont la petite main était soigneusement gantée de peau de daim.

— Ma foi, mon jeune chasseur, lui dit Gaston qui continuait à fumer son cigare, avant tout, laissez-moi vous complimenter sur votre talent; vous chantez à ravir.

— Vous êtes bien bon, monsieur, et je trouve, moi, que vous avez une voix superbe.

Le jeune homme prononça ces mots avec une timidité pleine de grâce.

— Pardonnez-moi, reprit Gaston, de vous avoir, selon toute apparence, dérangé de votre chemin, mais je me trouve en un embarras extrême.

— Que je devine, monsieur, car je le vois, vous êtes étranger à ce pays.

— J'y viens pour la première fois.

— Et vous vous êtes égaré au milieu de nos ravins et de nos bruyères.

— Précisément, en véritable Parisien qui ne doute de rien absolument.

— Ah! vous êtes de Paris?

— Oui, monsieur.

— Et puis-je vous demander où vous allez?

Gaston allait décliner son nom et le but de son voyage; une réflexion l'arrêta : Si je parle de mes oncles, se dit-il, je n'apprendrai absolument rien sur eux, et je ne serais cependant point fâché de savoir de quelle réputation ils jouissent : mon père m'en avait toujours parlé comme de vrais sauvages; en outre, je tiendrais fort à avoir quelques détails sur la beauté si vantée de ma cousine Mignonne. Gardons l'incognito.

Et il répondit :

— Je voyage en touriste, je vais à l'aventure, et je comptais aller coucher ce soir à Saint-Landry.

— Vous comptiez mal, monsieur, il y a cinq bonnes lieues encore d'ici à Saint-Landry.

— Diable! En ce cas, vous m'indiquerez, j'imagine, un village plus rapproché?

— Pourquoi faire?

— Mais pour y souper d'abord et y coucher ensuite.

— Monsieur, répondit le jeune chasseur, j'aime beaucoup les Parisiens; j'ai passé un hiver à Paris, et je m'y suis tant amusé, que je voudrais pouvoir prouver ma reconnaissance à tous ses habitants.

— C'est fort aimable à vous.

— Aussi, je compte bien vous offrir l'hospitalité ce soir.

— En vérité?

— Et demain, si la maison de mon père vous est agréable, et tout aussi longtemps que cela pourra vous plaire.

— Vous êtes charmant, monsieur. Est-ce bien loin? ajouta Gaston, dont l'estomac jetait les hauts cris, est-ce bien loin encore, la maison de monsieur votre père?

— Un quart de lieue. Sans ce maudit brouillard, nous la verrions d'ici. Par exemple, le chemin est mauvais, et si vous n'êtes chasseur...

— Je le suis.

— Alors tout est pour le mieux.

Et le jeune chasseur prit la bride du cheval de Gaston.

— Vous n'avez qu'à me suivre, dit-il.

— Voilà un enfant charmant, murmurait Gaston, et qui a une voix de duchesse. A cet âge, on est candide, je vais le faire jaser un peu sur mes oncles.

— Vous ne connaissez donc personne en Morvan? demanda l'enfant.

— J'y viens pour la première fois. On dit qu'il y reste encore quelques vieilles familles...

— Oui et non. Trois ou quatre qui sont riches, sept ou huit qui sont pauvres ou qui vivent ainsi que des paysans.

— Ah!

— Les Vieux-Loup, par exemple.

— Qu'est-ce que cela?

— Des espèces de gentilshommes fermiers, répondit l'enfant avec dédain, deux vieux bandits qui jouaient à mon père les plus vilains tours quand j'étais enfant.

— En vérité?

— Mais à présent, reprit le jeune chasseur avec une fière assurance, ils ne se risquent plus à la portée de mon fusil.

— Oh! oh!

— Ah! c'est que, voyez-vous, il y a une vieille haine entre nos deux familles, et les deux bandits feront bien de toujours passer à droite quand je tiendrai la gauche du chemin.

— Mais vous m'effrayez, sur l'honneur, mon jeune ami.

— Ma foi! dit le chasseur avec orgueil, je me nomme Lancy, monsieur.

— Bon! pensa Gaston, où suis-je allé me fourrer? Me voici l'hôte de mes ennemis acharnés : c'est le fils du marquis qui me sert de guide. J'ai bien fait de taire mon nom; ce charmant enfant était capable de m'assassiner. »

Le jeune chasseur avait fait prendre à Gaston un chemin tortueux qui grimpait au flanc des collines et s'élevait peu à peu au-dessus de la vallée.

— Dans dix minutes, lui dit-il, nous serons hors des brouillards, et, comme il fait clair de lune, nous apercevrons la Fauconnière.

— Qu'est-ce que la Fauconnière? demanda Gaston avec une naïveté parfaitement jouée.

— C'est le château de mon père.

— Ah! fit Gaston.

Puis il ajouta :

— Est-ce qu'ils n'ont pas d'enfants, ces... comment les appelez-vous?

— Les Vieux-Loup.

— Singulier nom.

— Nom de bandits! ils ne sont mariés ni l'un ni l'autre, mais ils ont une nièce.

— Jeune?

— Seize ans.

— Jolie?

En adressant cette dernière question, Gaston se disait :

— Mes oncles prétendent, dans leur lettre, que le fils du marquis fait les doux yeux à Mignonne; je vais bien voir tout de suite ce qu'il en est...

— Peuh! répondit l'enfant, jolie si l'on veut.

— Oh! oh! il dissimule, pensa Gaston.

— Mais, après tout, c'est une petite fille sans éducation et fort mal élevée...

Gaston tressaillit, et il lui revint en mémoire ce passage de la lettre de ses oncles : « La fille du marquis est un vrai démon, et son nom de Dragonne lui va à ravir. »

— Pardieu! se dit-il, en voici bien d'une autre! Le jeune chasseur à la voix si fraîche et si douce, c'est bien certainement mademoiselle Dragonne de Lancy! Décidément, me voici en pleine aventure de roman...

En ce moment, ils atteignaient le sommet de la colline, si bien qu'ils avaient le brouillard sous leurs pieds et qu'un rayon de lune glissant entre les nuages vint éclairer en plein le visage du jeune chasseur et arracher une exclamation de surprise et d'admiration à Gaston de Vieux-Loup.

Les peintres qui ont essayé de rendre la mâle beauté des Amazones de l'antiquité, n'ont, à coup sûr, rien créé de plus correct, de plus expressif que le visage charmant de mademoiselle Dragonne de Lancy.

Des cheveux d'un noir de jais, enroulés autour de son cou en une torsade épaisse, de façon à lui permettre la casquette de chasse, un front large, blanc et veiné de petits réseaux bleus au coin des tempes, un œil bleu foncé, profond, brillant, bordé de longs cils, une bouche charmante garnie de lèvres rouges et de dents éblouissantes, tout cela animé par la jeunesse, la force, les passions nobles et généreuses.

Sous ses habits d'homme, Dragonne était de taille moyenne et paraissait avoir quinze ou seize ans; sous les vêtements de son sexe, elle devait être grande et svelte, et porter vingt-trois ans environ.

La surprise et l'admiration de Gaston ne lui échappèrent point, et, comme elle était femme avant tout, elle accueillit l'une et l'autre par un sourire.

Gaston avait mis le chapeau à la main et paraissait, d'un geste éloquemment muet, s'excuser de la hardiesse familière avec laquelle il la traitait depuis quelques instants.

Dragonne se prit à rire.

— Remettez-vous donc, monsieur, lui dit-elle, et veuillez vous couvrir.

— Madame..., balbutia Gaston, que la beauté de la jeune fille impressionnait de plus en plus.

— Je ne suis que mademoiselle, répondit-elle, et, à mon tour, vous me voyez un peu embarrassée et presque confuse, monsieur.

— Mademoiselle...

— Mon Dieu! reprit Dragonne en rougissant, les habitants du pays me connaissent depuis mon enfance, et ils savent tous qui je suis; mais vous, monsieur, qui êtes étranger, vous avez le droit de concevoir une singulière opinion d'une jeune fille qui court les bois, un fusil sur l'épaule, avec une veste et un pantalon.

— Ah! mademoiselle, ce soupçon m'est cruel...

— Aussi, me voilà forcée, monsieur, pour me conserver votre estime, de vous faire des confidences, en vous narrant mon histoire.

Et Dragonne, redevenant tout à fait femme, et pensant que le devoir de l'homme, en toute occurrence, est de servir sa compagne, ne fût-ce qu'une compagne de voyage, ôta sa carnassière et la tendit à Gaston.

— Vous seriez bien aimable, lui dit-elle, si vous vouliez me porter mon gibier. J'ai là deux lièvres et six perdreaux qui m'écrasent.

— Avec bonheur, répondit galamment Gaston.

— Ou plutôt, tenez, accrochez ma carnassière à l'arçon de votre selle et donnez-moi le bras. Le sentier s'élargit et nous pouvons, à présent, cheminer tous deux de front.

Dragonne s'appuya nonchalamment sur le bras de Gaston et reprit :

— Figurez-vous que mon frère et moi nous sommes jumeaux, mais cependant je suis l'aînée, étant venue au monde la première. Nous nous ressemblons trait pour trait, avec cette différence qu'Albert est blond, tandis que je suis brune, ce qui lui donne l'apparence d'une fille, tandis que j'ai l'air d'un garçon. Or, Albert et moi nous nous aimons beaucoup, mais par suite même de cette affection nous représentons assez bien le monde renversé. Je suis un peu plus grande, certainement je suis plus forte; il est timide, on dit que je suis trop hardie; au bout d'une heure de marche il est las, je cours à la chasse des journées entières.

« Quand nous étions enfants, Albert était toujours malade, je n'ai jamais ressenti une seule migraine; il était cousu sans cesse aux jupons de ma mère, je n'avais, moi, de sympathie que pour Jean, le garde-chasse du château. Lorsqu'on nous envoyait des jouets de Paris, je donnais à Albert mes poupées et je m'emparais d'un sabre, d'un fusil et d'un tambour. Si bien qu'un jour mon père dit à maman : « Il faut décidément donner une culotte à ce petit diable et une jupe à cet imbécile d'Albert. La nature avait la berlue le jour de leur naissance : c'est Diane qui était le garçon, aussi je la débaptise et je l'appelle désormais Dragonne. » Le nom me plut fort, je l'adoptai. On ne me connaît que sous celui-là dans le pays.

« Un jour, nous avions dix ans, Albert et moi, nous trottions dans les allées du parc, et j'étais déjà vêtue en homme; nous rencontrâmes un grand vieillard laid à faire peur, qui avait un fusil et un chien avec lequel il causait, et, ce qui est singulier, le chien paraissait le comprendre.

— Ah! interrompit Gaston en souriant.

— Or, savez-vous ce qu'il disait à son chien?

— Non, dit Gaston.

— Il lui disait, reprit Dragonne : « Finot, mon ami, autrefois les Lancy, que le diable emporte! nous auraient drôlement reçus si nous étions entrés dans leur parc; mais à présent, mon bel ami, c'est différent, nous pouvons ne pas nous gêner, le dernier marquis a la goutte, et il est dans son fauteuil à lire les gazettes, car il sait lire, paraît-il, ce beau monsieur. Donc, Finot, mon chéri, sus aux lapins de la garenne... J'ai une envie de lapereau sauté aux câpres, aujourd'hui, et mon frère Antoine pareillement... » Au moment où le vieux bandit achevait, nous nous trouvâmes face à face avec lui. Albert avait peur et voulait s'enfuir; mais moi, j'allai me placer sous le menton du vieillard, et je lui dis :

« — Vous êtes un misérable lâche, monsieur de Vieux-Loup, puisque vous insultez la vieillesse de mon père, et moi qui ne suis qu'une petite fille...

« —Ah! oui, fit-il en ricanant, mademoiselle Dragonne...

« —Précisément, et je vous ordonne de sortir de chez moi.

« — Petite, me dit-il en riant, je t'achèterai une poupée à la foire de Saint-Landry, car tu es vraiment bien gentille.

« — Je ne veux pas de votre poupée, et vous allez sortir.

« — Oh! oh! et si je ne veux pas?

« — Ah! vous ne voulez pas, m'écriai-je avec colère, attendez alors...

« Et, ramassant une pierre, je reculai d'un pas et la lançai à la tête du vieillard qui esquiva le coup.

« Il laissa échapper un juron et me menaça du fouet.

« Pour toute réponse, je pris une seconde pierre, et cette fois je l'atteignis en pleine figure. Je crois qu'il eut peur, car il s'enfuit, et son chien ne se jeta point sur moi.

« Alors, ce commencement de victoire m'enhardissant, je poursuivis monsieur de Vieux-Loup à coups de pierres, l'atteignant plusieurs fois, et je ne revins sur mes pas que lorsqu'il eut franchi la clôture du parc.

« Je trouvai Albert. Il pleurait de frayeur ; je me moquai de lui et j'allai conter mes exploits à mon père, qui en fut tout rayonnant et m'appela monsieur le marquis le plus sérieusement du monde.

— Ah çà, interrompit Gaston, vous avez donc une haine bien vivace pour tout ce qui porte le nom de Vieux-Loup?

— Oh! fit Dragonne avec une expression de colère.

— Pourtant, une femme...

— C'est dans le sang, répondit-elle.

Puis elle ajouta :

— Figurez-vous que, pendant longtemps, j'avais formé un singulier projet, un projet bien extravagant, je vous jure, et il m'a fallu toute la raison d'une femme pour y renoncer.

— Et... ce projet...?

— Attendez donc. Il faut vous dire que les deux bandits de la Châtaigneraie avaient un frère aîné qui avait servi l'Empereur. Ce frère se trouvait à Paris quand mon oncle le chevalier de Lancy revint de Paris : ils se rencontrèrent.

— Ah! fit Gaston, qui tressaillit aussitôt.

— Et, poursuivit Dragonne, ils se battirent. Mon oncle fut tué. Mon père était trop vieux pour le venger. De précoces rhumatismes le clouaient déjà sur une chaise longue. On m'avait raconté cette sombre histoire durant mon enfance, et voici ce que j'avais résolu. Le baron de Vieux-Loup, celui de Paris, a laissé un fils qui doit être de mon âge.

— Vraiment! murmura Gaston.

— J'avais songé à aller à Paris sous mes habits d'homme, à couper mes cheveux, pour qu'on ne pût soupçonner mon sexe, et...

Dragonne s'arrêta rougissante.

— Et...? fit Gaston dont l'émotion croissait.

— Et, acheva Dragonne, comme je suis très-forte à l'épée et au pistolet, je l'aurais provoqué et tué pour venger mon oncle.

La jeune fille disait tout cela froidement, et Gaston, qui cependant était très-brave, ne put s'empêcher de frissonner.

— Quelle folie! murmura-t-il.

— Je le sais, mais que voulez-vous? je hais si profondément toute cette race...

— Mais, interrompit Gaston, ne pensez-vous pas, mademoiselle, que toutes ces vieilles haines qui se perdent dans la nuit du passé doivent finir par s'éteindre?

— Non, dit résolûment Dragonne.

— Ainsi, vous haïssez ce jeune homme?

— De toute mon âme.

— Sans l'avoir jamais vu?

— Oui.

— Ceci est de la folie.

— Peut-être...

— Et si le hasard faisait que ce jeune homme vous rencontrât... qu'il vînt à vous aimer?...

La voix de Gaston trahissait une émotion qui eût à coup sûr étonné Dragonne, si elle n'eût été tout entière à sa haine.

— Tant pis pour lui!

— S'il vous sauvait la vie ?

— Je serais capable de me tuer pour rendre ce sacrifice inutile. Mais tenez, fit-elle, ne parlons plus de tout cela, et arrêtons-nous un moment ; je veux vous faire admirer, au clair de lune, les splendides horreurs et la sauvage beauté de mon pays.

Du lieu où ils se trouvaient, l'œil embrassait un panorama d'un étrange et saisissant aspect. Deux chaînes de collines boisées encaissaient une petite vallée que le brouillard faisait ressembler à un lac immense. Çà et là, la flèche noire d'un clocher rustique perçait la brume et indiquait vaguement un village. A droite, et comme le point culminant de l'une des chaînes de collines, se dressait le manoir de la Fauconnière, le berceau de Dragonne ; à gauche, de l'autre côté de la vallée, ayant un rocher pour base et adossé à un bois de châtaigniers, s'élevait le château de la Châtaigneraie, la demeure des barons de Vieux-Loup.

L'étrangeté du paysage concentra l'attention de Gaston assez pour lui faire oublier un instant la haine dont la belle amazone l'enveloppait à son propre insu.

— Dans un quart d'heure, reprit Dragonne, nous serons arrivés. Mais comme vous devez avoir faim et que le dîner n'est pas toujours servi très-ponctuellement, car on attend mon retour, je crois qu'il est bon d'avertir Marianne, qui est la cuisinière... Ici, Fanfare ! »

La chienne de Dragonne accourut et posa ses grandes pattes marquées de feu sur les épaules de la jeune chasseresse.

Dragonne prit son mouchoir et le noua deux fois.

« Figurez-vous, dit-elle en le plaçant dans la gueule de l'intelligent animal, qui partit comme un trait et atteignit le fossé du château en quelques bonds, figurez-vous qu'il m'arrive très-souvent d'amener un convive. Alors, je fais deux nœuds au lieu d'un.

— Il paraît, observa Gaston, que je ne suis pas le premier voyageur égaré...

— Pardon, les convives que j'amène sont de pauvres braconniers que les gendarmes ont, en les poursuivant, éloignés outre mesure de leur domicile; or, comme en Morvan tout le monde est braconnier, tous les braconniers sont frères. On les héberge au château comme des altesses ou des ambassadeurs.

Gaston ne put s'empêcher de sourire, et ils se remirent en route.

— Pardon, mademoiselle, dit le jeune homme après un moment de silence, oserais-je vous faire une question ?

— Deux, si vous voulez.

— Vous m'avez parlé de Paris ?

— Oui.

— Et... vous l'aimez ?

— Avec passion.

— Pourquoi donc ne l'habitez-vous pas ?

— Ah ! permettez; nous y avons passé l'hiver dernier, mon père, maman, moi et Albert.

— Et... vous y retournerez ?

— Je l'espère bien.

— Vous avez bien fait de me permettre deux questions au lieu d'une, car j'en ai une seconde à vous adresser à présent.

— Voyons !

— Est-ce que... à Paris... vous portiez?...

Gaston s'arrêta assez embarrassé.

— Mes habits d'homme? Oh ! non, je vous prie de le croire; mes goûts masculins ne vont point jusque-là, et je vous avouerai même qu'ici, lorsque je ne chasse point, je reprends parfaitement mes jupons.

— Ah ! pensa Gaston qui respira à cette réponse, c'est donc vraiment une femme ?

Ils atteignaient en ce moment la porte du vieux manoir de la Fauconnière.

— Holà! Jacques ! Simon ! cria Dragonne, venez prendre le cheval de monsieur, conduisez-le à l'écurie, placez-le à côté de Frisette, ma jument, bouchonnez-le avec soin et donnez-lui à manger.

Deux valets de ferme accoururent, saluèrent gauchement Gaston et s'empressèrent d'obéir aux ordres de leur jeune maîtresse, qui dit à Gaston :

— Je continue à vous montrer le chemin. Venez au salon, monsieur.

Le manoir de la Fauconnière avait son parfum très-prononcé de féodalité et de chevalerie. Il y avait des fossés à l'entour, un pont-levis, une cour d'honneur.

Gaston traversa un vestibule et de vastes salles où les écussons des Lancy étaient complaisamment répétés.

C'était fané et vieilli, par ci, par là, mais on respirait partout l'aisance, sinon la fortune, et Gaston commença à supposer qu'il dînerait beaucoup mieux chez les ennemis de ses oncles que chez ses oncles eux-mêmes.

Dragonne le conduisit au salon de compagnie, la pièce où se tenait la famille durant le jour.

— Qui annoncerai-je? demanda alors un domestique à Gaston.

Celui-ci tressaillit à cette question; mais il retrouva sa présence d'esprit assez à temps pour répondre :

— M. Charles de Launay.

Ce nom de fantaisie, qui avait comme un parfum historique, produisit une sensation évidemment agréable dans le grand salon de la Fauconnière, car deux des personnages qui s'y trouvaient se levèrent, tandis que le troisième essayait de se lever.

Les deux premiers étaient la marquise de Lancy et son fils ;

Le troisième, le vieux marquis, dont la goutte paralysait tous les efforts.

— Mon père, dit Dragonne en entrant et présentant Gaston, j'ai rencontré monsieur dans les bois, il était égaré et mourait de faim, je lui ai offert l'hospitalité.

Gaston remercia en homme du monde, et ses manières courtoises lui acquirent tout d'abord la sympathie de ses nouveaux hôtes. On lui fit mille questions sur Paris ; il broda une histoire assez vraisemblable, et le marquis le trouva charmant, surtout lorsqu'il l'eut amené sur le terrain glissant de la politique et se fut aperçu qu'ils avaient la même manière de voir.

Dragonne s'était esquivée; elle reparut bientôt complétement métamorphosée. Elle avait repris ses habits de femme, et Gaston la trouva plus belle que jamais.

Une robe de chambre cerise, à moitié ouverte et serrée par une torsade, formait tout son costume; mais elle avait dénoué ses longs cheveux qui pendaient en boucles luxuriantes sur ses épaules, et son petit pied avait quitté le rude brodequin de chasse pour une jolie mule de satin bleu clair que Cendrillon n'aurait certainement pu chausser.

Gaston était ébloui. Il regarda ses mains, ce signe de beauté suprême chez les femmes ; les mains de Dragonne étaient admirables de forme, de blancheur et de petitesse.

En dépouillant son équipement masculin, Dragonne avait perdu en même temps cette démarche délibérée, ce ton hardi qui allaient si bien à son travestissement. Elle avait le maintien réservé d'une jeune fille, elle baissait les yeux à demi, et elle éprouva comme une sorte de honte pudique de s'être montrée à Gaston sous des vêtements étrangers à son sexe.

Gaston regarda alors Albert de Lancy.

Albert était bien le jeune homme que sa sœur avait peint. Il était blond, délicat, d'une beauté féminine. Son œil bleu, son sourire, tout était en lui rêveur et triste. Avait-il conscience de sa faiblesse et de sa timidité naturelle, ou bien un chagrin secret, une douleur mystérieuse chargeaient-ils son front d'une précoce mélancolie?...

L'un et l'autre peut-être.

On vint annoncer que le souper était servi. Deux valets prirent la bergère du marquis et le transportèrent dessus à la salle à manger, tandis que Gaston offrait respectueusement son bras à la mère de Dragonne.

Le souper fut joyeux. Le marquis avait conservé, malgré ses infirmités précoces, un fonds de gaieté inépuisable, un recueil d'anecdotes sur l'Empire et la Restauration; Gaston causait avec cet esprit léger, frondeur, un peu sceptique du véritable Parisien, le type le plus complet de l'insouciance éternelle, de la gaieté inaltérable du soldat qui se bat dans les rues sans interrompre son refrain et meurt en disant un bon mot.

Dragonne seule était devenue pensive tout à coup, elle aidait sa mère avec distraction à faire les honneurs du repas, et elle écoutait avec un rêveur sourire les saillies de Gaston qui amusaient fort le marquis.

— Mon cher hôte, dit celui-ci au jeune homme lorsqu'on se leva de table, vous avez fait une longue route, il vous est permis de gagner l'appartement qu'on vous a préparé au château, et je vous conseille de dormir la grasse matinée. Vous nous appartenez pour demain tout entier. Puisque vous accomplissez un voyage de touriste dans nos montagnes, rien ne vous presse, et si vous êtes quelque peu chasseur, vous rendrez à Dragonne un véritable service en l'accompagnant à la chasse, car elle est réduite à errer seule par les bois. Maître Albert est une jolie fille qui ne comprend point les nobles enivrements de la vénerie.

Gaston s'inclina en signe d'acquiescement et de gratitude.

Ce fut Dragonne qui le conduisit au logis qui lui était préparé.

Dragonne était toujours rêveuse; Gaston l'admirait à la dérobée, et les deux jeunes gens étaient l'un et l'autre préoccupés à ce point qu'ils échangèrent à peine quelques mots insignifiants.

Après quoi, la jeune fille alluma les deux flambeaux placés sur la cheminée, souhaita le bonsoir à son hôte et se retira.

Demeuré seul, Gaston se dit avec une rêverie croissante :

— Ce serait au moins bizarre que, venant en Morvan pour épouser ma cousine Mignonne, je devinsse amoureux de mademoiselle de Lancy, la fille des ennemis de ma race. L'histoire de Juliette et Roméo n'est donc point une plaisanterie?

III

Gaston s'éveilla tard; disons-le tout de suite, à la honte des amoureux, il avait parfaitement dormi. A vingt-cinq ans, la passion la plus enracinée ne tient jamais contre le sommeil.

Gaston s'était mis au lit en se disant que Dragonne était la plus jolie, la plus séduisante créature qu'il eût vue jamais; il s'éveilla en se répétant absolument la même chose; mais il dormit parfaitement dans l'intervalle, et, chose triste à dire, il ne fut nullement question de mademoiselle de Lancy dans ses rêves.

Il sauta hors du lit, se vêtit à la hâte et ouvrit sa fenêtre, qui donnait sur la vallée. Le brouillard de la veille avait disparu; les collines le vallon et jusqu'à ce torrent impétueux qui grondait la nuit précédente reprenaient, sous les rayons du soleil, un aspect calme et charmant qui impressionna vivement le jeune homme.

Devant lui, à une lieue, se dressaient les tours grises de la Châtaigneraie, cette demeure délabrée de sa famille; la vue de cette masure, encore décorée du nom pompeux de château, éveilla chez Gaston un monde entier de souvenirs.

L'animosité qui existait entre les deux races des Lancy et des Vieux-Loup, cette exaltation haineuse qui dominait Dragonne, et qui était chez elle le fruit de l'éducation de famille, lui revenaient en mémoire.

Il avait vu le marquis, sa femme et son fils; c'étaient des gens de bonne compagnie, fort doux, hospitaliers, bons à l'excès, à en juger au moins par les apparences. Dragonne ellemême était une charmante enfant dont la pétulance se trouvait tempérée par un excellent cœur, et surtout une naïveté, une candeur qui lui faisaient pardonner ces goûts masculins et cette hardiesse d'allures qu'elle semblait revêtir avec les habits d'homme et qui disparaissaient aussitôt qu'elle redevenait mademoiselle de Lancy.

En réfléchissant à tout cela, Gaston fut contraint de se dire que ses oncles, selon toute apparence, valaient beaucoup moins que cette famille au milieu de laquelle le hasard venait de le conduire, et il se laissa même aller à supposer que les torts de sa race remontaient beaucoup plus loin dans le passé des générations actuelles, ce qui n'empêchait pas les deux châtelains de la Châtaigneraie d'abuser de la verdeur de leur veillesse pour molester la vieillesse infirme de leurs voisins.

Il alla plus loin encore, et songeant à la timidité, à la faiblesse d'Albert de Lancy, le seul homme jeune de la Fauconnière, il s'avoua que Dragonne s'élevait à la hauteur du rôle d'héroïne en s'emparant de l'épée que la frêle main de son frère laissait échapper.

Ceci était, à coup sûr, de l'exagération; mais Gaston voyait tout cela à travers la beauté de la jeune fille, et il avait vingt-cinq ans!

Notre héros n'était point cependant un de de ces étourdis vulgaires qui s'éprennent instantanément et courent en aveugles vers un but qu'ils n'atteindront pas. Gaston était Parisien; il avait vécu, qu'on nous passe le mot; il était doué de la faculté précieuse de lire assez bien en lui-même, et il réfléchissait très-froidement au seuil d'une passion.

Si bien qu'en terminant sa toilette avec une sage lenteur, il se dit :

— Mademoiselle de Lancy est bien certainement la femme qui m'a le plus vivement impressionné; je dis plus, je crois fermement que si je passais huit jours ici, j'en deviendrais éperdûment amoureux. Or, si cela arrivait, qu'adviendrait-il? J'ai encore quelques débris d'une fortune présentable, un vieux nom, une certaine réputation d'élégance qui séduit généralement les femmes, et le tout réuni m'assurerait probablement la main de Dragonne, si je ne m'appelais Gaston de Vieux-Loup. Mais, comme j'ai le malheur de porter ce nom, eussé-je la beauté de l'Antinoüs antique et les trésors d'Ali-Baba, Dragonne ne m'aimerait point; bien plus, elle me haïrait, c'est-à-dire qu'elle me hait déjà sans me connaître. Par conséquent, il est raisonnable à moi de détaler au plus vite et de me servir du peu de bon sens qui me reste encore pour ne point devenir complétement fou. Je ferai bien d'aller prendre congé de mes hôtes et de galoper jusqu'à la Châtaigneraie.

Cette belle résolution prise, Gaston siffla une ariette et chercha à se donner un courage qu'il n'avait pas, courage qui lui fit complétement défaut lorsqu'il vint à songer qu'on saurait inévitablement à la Fauconnière, et dès le lendemain de son départ, qui il était. Gaston crut voir alors l'indignation de Dragonne, se désolant de n'avoir point deviné en lui l'objet de sa haine et de ne lui avoir pas proposé, dans les bois, ce duel qu'elle avait projeté si longtemps.

— Ces braves gens, se dit encore Gaston, qui ne savent pas combien peu j'ai hérité des préjugés et des rancunes de ma famille, sont capables de croire que je me suis introduit chez eux dans un but quelque peu machiavélique, et alors, à la haine que me porte déjà Dragonne, elle joindra le mépris. C'est fort dur, soupira Gaston, d'être méprisé et haï par une jolie fille qu'on est tout près d'aimer, si on ne l'aime déjà.

En prononçant ces mots, notre héros cessa de demander conseil à sa raison pour consulter un peu son cœur, et son cœur lui répondit par des pulsations précipitées.

— Mon Dieu! se dit-il, mon mal est plus avancé que je ne le croyais d'abord, et j'aime bien réellement Dragonne. Que faire? Le plus sage serait de partir, de retourner à Paris et de l'oublier; mais le puis-je? Et d'ailleurs, retourner à Paris, c'est me jeter dans le guêpier d'où j'ai cru, un moment, pouvoir me retirer en épousant ma cousine, chose impossible, à présent, car j'aime Dragonne.

Gaston se prit à rêver de plus belle.

— Corbleu! murmura-t-il enfin, ces vieilles haines de famille, témoin Roméo et Juliette, ne résistent jamais à un peu d'amour. Si Dragonne m'aimait... Et, ajouta-t-il avec quelque assurance, je ne sais pas jusqu'à quel point il m'est interdit d'être aimé... Si je passais quinze jours ici sans qu'elle sût mon vrai nom... Autre chose impossible! autre absurdité!

Et Gascon jeta son cigare avec colère et continua ainsi son monologue :

— Le marquis et sa famille sont des gens charmants; ils se feront un plaisir de me garder trois jours, huit peut-être; mais après? — Après, il faudra bien que je m'explique, que je décline mes prétentions...

Gaston s'arrêta soudain; une de ces pensées lumineuses qui viennent souvent aux gens à bout d'expédients éclaira tout à coup son cerveau.

— Je vais, se dit-il, me loger dans le village le plus voisin; sous prétexte de chasser, j'accompagnerai Dragonne quelquefois; j'aurai le droit, ainsi, de revenir à la Fauconnière de temps en temps, et, le hasard aidant, nous verrons.

Ce parti adopté *in extremis* était évidemment le plus sage; cependant il péchait encore par un côté essentiel : Gaston oubliait complétement ses oncles, qu'il rencontrerait un jour ou l'autre au coin d'un bois, et qui le reconnaîtraient à sa ressemblance frappante avec son père, qui avait quitté le pays à peu près à l'âge où il était lui-même, et qu'il n'avait jamais revu depuis.

Le défaut de la cuirasse trouvé, il fallut réfléchir encore; puis la réflexion amena un résultat nouveau, et Gaston ralluma son cigare avec calme et lenteur, ce qui était un signe évident de satisfaction et de confiance en lui-même.

L'expédient était trouvé.

En ce moment-là, on frappa discrètement à sa porte; il ouvrit et se trouva en présence de Dragonne.

La jeune fille avait repris son costume masculin : elle avait souliers ferrés et guêtres de cuir.

Gaston se troubla à sa vue; elle-même rougit légèrement. Était-ce chez elle vague pressentiment ou simplement le résultat de l'embarras inexplicable qui s'empare souvent des femmes qui se placent hors de leur cercle ordinaire? Toujours est-il que Dragonne perdit beaucoup de cette assurance qu'elle retrouvait toujours avec ses habits d'homme, et qu'elle demanda à Gaston s'il avait bien dormi d'une voix qui tremblait fort.

— Parfaitement, répondit-il, et me voici

Le manoir de la Fauconnière

prêt à continuer mon voyage le plus lestement possible.

— Pas aujourd'hui, je suppose.

— Pourquoi pas, mademoiselle?

— Mais, monsieur, parce que vous nous avez promis trois jours.

— Vous croyez?

— J'en suis certaine.

— Mais ce serait abuser étrangement...

— Vous n'abuserez de rien.

— Oubliez-vous le lieu de notre rencontre?

— Non. Les connaissances faites à l'improviste sont les meilleures.

— Je suis de votre avis, mais cependant...

— Monsieur, dit résolûment Dragonne, je vous ai rendu un vrai service hier, avouez-le...

— Je vous en serai reconnaissant toute ma vie.

— En ce cas, prouvez-moi sur-le-champ cette reconnaissance dont vous parlez.

— Que faut-il faire?

— Vous êtes chasseur, n'est-ce pas?

— Un peu.

— Et vous devez certainement être brave; je le lis dans vos yeux.

— Vous êtes trop bonne, mademoiselle.

— Or, j'ai besoin, au moins aujourd'hui, de votre science de chasseur et de votre bravoure. Vous partirez demain si bon vous semble.

— Quelle est donc l'aventureuse expédition que nous devons tenter.

— Une chasse au sanglier.

— Très-bien.

— Sans chiens courants, avec un seul limier. Figurez-vous que je suis lasse de cette chasse à courre, où une malheureuse bête, harcelée par les chiens, vient passer à portée de la balle et se fait tuer sans péril pour le chasseur. Il y a longtemps que je médite une chasse périlleuse, une attaque au sanglier dans son fort, à deux, afin d'avoir toutes les émotions, de courir tous les dangers d'une véritable guerre.

— Voici un projet bien chevaleresque!

— Je le sais et suis persuadée que pas un braconnier du pays ne voudrait en essayer en ma compagnie; il craindrait de m'exposer. Mais vous, monsieur, qui êtes mon obligé et me devez une reconnaissance éternelle, et Dragonne appuya sur ces mots avec une inflexion railleuse, vous ne pouvez refuser de m'accompagner...

— Mais, mademoiselle, y songez-vous?

— Ou je croirai que cette belle reconnaissance dont vous parlez existe dans de bien minces proportions.

Gaston, tandis que Dragonne parlait, réfléchissait ainsi:

La Châtaigneraie.

— Une attaque au sanglier dans son fort est chose périlleuse, mais romanesque, et ce serait une bien belle occasion de me grandir singulièrement à ses yeux, si je la sauvais d'un danger quelconque; et, morbleu! je la sauverai, si danger il y a, car je l'aime.

Puis il répondit :

— J'accepte, mais pas pour aujourd'hui.

— Ah! fit mademoiselle de Lancy, pourquoi ce délai?

— Parce que j'attends de Nevers mes fusils et mon couteau de chasse. J'avais songé à m'établir pour quelques jours en Morvan et j'y songe plus que jamais... Quel est ce village, là-bas, au pied de la montagne?

— C'est la Châtaigneraie.

— Croyez-vous que je trouverai à y louer une maisonnette?

— Dans le village, non; mais au pied de ce coteau, précisément sur le chemin du manoir des Vieux-Loup. Il y a là un petit pavillon que nous vous meublerons de notre mieux.

— Alors ceci est à merveille, je m'y installe aujourd'hui même, et demain je suis à votre disposition.

La résolution que venait de prendre Gaston causait à Dragonne une joie secrète qu'elle ne s'expliquait encore que par le désir qu'elle éprouvait d'avoir un compagnon de chasse, car son frère Albert était un pauvre veneur, il tirait fort mal un coup de fusil. Aussi ne trouva-t-elle aucune objection raisonnable à opposer à la décision du jeune homme.

— Venez déjeuner, lui dit-elle, on nous attend à la salle à manger. Je vais faire part à mon père de votre désir; nous vous ferons transporter des meubles au pavillon, qui appartient à Jean, notre garde-chasse, et je vous accompagnerai après déjeuner. Il vous sera facultatif de vous y installer aujourd'hui même.

Le vieux marquis de Lancy avait pris un goût extrême aux aperçus politiques de Gaston; lorsque Dragonne lui déroula son petit programme, il en fut enchanté et fit promettre à son hôte de venir partager le dîner de la Fauconnière le plus souvent possible.

Gaston et Dragonne partirent à midi pour le pavillon. En route, ils causèrent de Paris, des derniers bals de l'hiver précédent, des spectacles, des concerts, des nouveautés littéraires et artistiques. Dragonne, malgré son éducation campagnarde, parlait de tout cela en femme du monde; elle n'était étrangère à rien, empruntée sur aucun thème. Gaston l'écoutait avec un muet recueillement; il n'avait jamais éprouvé les mystérieuses attractions qui semblaient le guider vers cette enfant qui réunissait si bien aux qualités viriles les adorables nuances, les coquetteries naïvement raffinées de la femme élégante. Ils s'en allèrent à travers champs, au bras l'un de l'autre. Dragonne, renonçant à chasser ce jour-là, avait repris sa robe, une ombrelle à la main, coquettement appuyée sur Gaston, et elle babillait avec un esprit frivole et mutin qui épanouissait à chaque instant un frais éclat de rire sur ses lèvres rouges.

— Savez-vous, lui dit Gaston tout à coup et comme ils approchaient du pavillon, savez-vous que j'ai une singulière fantaisie?

— Quelle est-elle?

— Je voudrais faire, un de ces jours, une visite à ces messieurs de Vieux-Loup qui sont vos ennemis.

— Oh! la vilaine fantaisie! dit Dragonne.

— Je serais curieux de voir de près leur existence.

— Elle est assez repoussante, je vous jure.

— En vérité!

— Ils vivent comme des paysans, et leur avarice est telle, qu'ils congédient chaque soir leurs valets de ferme, tant ils ont peur d'être volés.

— En sorte que, demanda Gaston, ils demeurent seuls, la nuit, à la Châtaigneraie?

— Complétement seuls.

— S'environnent-ils de moyens de défense?

— Ils verrouillent toutes les portes et chargent tous leurs fusils.

— Ah! dit insoucieusement Gaston. Et il parla d'autre chose.

Ils arrivèrent à la porte du pavillon, où le jardinier de la Fauconnière les avait précédés.

Ce pavillon, d'une exiguïté remarquable, formait un assez joli logis de garçon, et sa position isolée, au bord d'un torrent, à la lisière d'un bois, en faisait une retraite charmante pour un chasseur, un rêveur ou un poète.

Dragonne aida le jardinier à le décorer et à le meubler; elle y mit un soin minutieux qui charma Gaston, et en moins d'une heure le pavillon fut habitable.

— Voilà votre logis, lui dit-elle; comme vous n'y viendrez que pour vous coucher, vous vous apercevrez moins de sa nudité. Maintenant, retournons à la Fauconnière, où vous passerez la journée; demain nous attaquerons le sanglier. A propos, ce sanglier que j'ai en vue est une laie ornée de marcassins.

— Bravo! répondit Gaston, qui arrêtait tout un plan de conduite pour le lendemain et les jours suivants.

A neuf heures du soir, Gaston quitta la Fauconnière et descendit au pavillon. Il faisait un clair de lune magnifique, et il avait refusé qu'on l'accompagnât. Ce pavillon avait deux portes : l'une au nord, qui donnait sur la forêt de châtaigniers et au seuil de laquelle passait le chemin qui conduisait au manoir des Vieux-Loups; l'autre au sud, et qu'on pouvait apercevoir des fenêtres de la Fauconnière. Gaston pénétra par

celle-ci dans sa nouvelle demeure, alluma une lampe qu'il approcha de la croisée de sa chambre, croisée exposée au sud, afin que sa clarté donnât à penser aux hôtes de la Fauconnière qu'il allait se mettre au lit; puis il mit dans sa poche ses pistolets et un poignard italien, et sortant du pavillon par la porte du nord, il prit le chemin de la Châtaigneraie, se disant :

— Allons voir mes oncles, il faut que je les fasse, à leur insu, les complices de mon amour...

IV

Le sentier qui conduisait du pavillon à la Châtaigneraie était assez tortueux et pénible pour que Gaston eût besoin de toute son attention, et surtout de ses jambes de vingt-cinq ans, afin de le gravir sans encombre.

Le clair de lune, du reste, lui était d'un grand secours, si l'on songe qu'il allait pour la première fois à la Châtaigneraie, que nul ne lui avait indiqué sa route, et qu'il marchait un peu à l'aventure, ne sachant par où il pénétrerait dans le manoir dont, prétendait Dragonne, l'humeur inquiète et soupçonneuse de ses oncles avait fait une forteresse.

Tantôt s'enfonçant sous la futaie, longeant la lisière du bois, le chemin de la Châtaigneraie se déroulait presque toujours en un sillon blanchâtre qu'on apercevait parfaitement des croisées de la Fauconnière, et la précaution qu'avait prise Gaston de laisser chez lui une lumière qui pût faire croire à sa présence dans le pavillon n'était nullement inutile, car il était impossible qu'on ne vît point, grâce au clair de lune, un homme monter chez les Vieux-Loup.

Du pavillon à la Châtaigneraie il y avait un quart d'heure de marche environ. Gaston cheminait lestement : en dépit de son ignorance des lieux, il se trouva en dix minutes au pied du manoir.

La Châtaigneraie, malgré son nom inoffensif, offrait le type le plus complet de ces manoirs du moyen âge construits comme des nids d'oiseaux de proie.

Assis sur une étroite plate-forme de rochers, environné de bois, ceint au nord d'un fossé, défendu au midi par un précipice, le vieux castel dressait ses tours grises sur le bleu foncé du ciel avec des façons dominatrices et conquérantes qui eussent séduit un poète. Les murs tombaient en ruine çà et là, les tourelles étaient crevassées en mille endroits, les vitraux des croisées brisés en leurs ogives de fer; l'antique pont-levis avait fait place à un tronc de sapin scié en deux dans sa longueur et grossièrement rajusté; et cependant tout cela conservait une fière mine à l'extérieur, et, au clair de lune, le manoir des barons de Vieux-Loup, perché sur son roc et dominant la vallée, rappelait dans toute leur sombre splendeur les âges héroïques des chevaliers bardés de fer, des châtelaines vêtues de soie et des trouvères au pourpoint de velours et à la harpe en sautoir. On eût même dit, placé qu'il était en face de la Fauconnière qui couronnait la chaîne des collines opposées, on eût dit que le castel de la Châtaigneraie regardait de travers et avec colère la demeure des ennemis de ses maîtres, et qu'il se promettait de rester debout le plus longtemps possible, afin de perpétuer la vieille haine des deux races à travers les âges, alors même que les deux races auraient fini d'exister.

Gaston s'arrêta à l'entrée de la cour; il avait besoin de se consulter d'abord sur le langage qu'il tiendrait à ses oncles, et de chercher ensuite par quelle porte il s'introduirait, car il en existait plusieurs au milieu de ces ruines; et dans le manoir, dont les deux tiers avaient été successivement convertis en greniers à foin, hangars, écuries et bâtiments de labour, il était difficile de deviner quel corps de logis les deux frères avaient choisi pour leur retraite nocturne.

— Mon expédition, pensa le jeune homme, ne manque ni d'audace ni d'imprévu, je dirai même de péril. Mes chers oncles sont capables de me prendre pour un voleur et de m'envoyer une balle sans autre explication préalable. En second lieu, je n'ai point réfléchi, depuis que j'aime mademoiselle de Lancy, que je suis venu en Morvan pour épouser Mignonne. Or, si j'allais lui plaire... et que... elle m'aimât?

Cette réflexion, où perçait quelque peu de fatuité, était de nature à faire hésiter Gaston; mais Gaston était un de ces hommes qui ont dans le hasard une confiance illimitée et qui vont toujours en avant.

— Ma foi, se dit-il, arrive que pourra! je ne puis me dispenser de faire une visite à mes oncles. Cherchons où ils peuvent être.

Bien qu'il fût dix heures à peine, toutes les lumières étaient éteintes au manoir, et le plus profond silence régnait à travers les ruines. Cependant, Gaston aperçut un filet de fumée s'élevant en spirale au-dessus du toit d'une grosse tour carrée qui bornait l'édifice au nord; puis en examinant la tour avec attention, il remarqua qu'elle était découronnée de ses créneaux et terminée par un colombier.

Gaston n'avait jamais vu la province, mais il savait cependant que l'une des propriétés les plus chères aux gentilshommes campagnards et qui leur rappellent le mieux leurs anciens droits féodaux, est ce colombier dont les hôtes se répandent chaque jour dans la plaine et qui vont butiner chez le paysan le blé des semailles et l'épi échappé à l'attention du glaneur.

Le pigeon, malgré la douceur de ses mœurs, est le dernier brigand blasonné dont la tradition ait survécu. Posséder un colombier est, en province, un aveu indirect d'influence et d'autorité, et le propriétaire de ces gracieux volatiles qui représentent si bien le pillage organisé a su faire des lois sévères contre quiconque essayerait de les détruire; il veille sur leur conservation avec une sollicitude toute particulière, et il a toujours l'œil et l'oreille au guet le jour et la nuit pour les préserver de tout danger.

Notre héros, qui avait fait en quelques secondes toutes ces réflexions, conclut de ces divers indices, du filet de fumée et du colombier, que les Vieux-Loup habitaient la grosse tour, et il frappa résolument à la porte. Tout aussitôt les hurlements de deux chiens de garde s'élevèrent dans les profondeurs de l'édifice, et aux hurlements des chiens se mêlèrent peu après d'énergiques jurons.

— Diable! pensa Gaston, vais-je donc faire un siège?

Et il renouvela les trois coups qu'il avait frappés.

VI

La voix des chiens s'apaisa bientôt, dominée par un accent impérieux; puis Gaston entendit dans le corridor un pas pesant, et à ce bruit s'en joignit un autre dont la signification devait être claire pour un chasseur.

C'était un bruit sec, métallique, cassant, celui des batteries d'un fusil dont les deux chiens tournaient sur leur noix avec une précision méthodique et en marquant avec une sage lenteur les deux temps d'arrêt du repos et de l'armement.

— Oh! oh! se dit le jeune homme, ceci ne peut demeurer sans écho, ce serait dommage...

Et il arma ses deux pistolets avec le même calme et la même précision, murmurant avec un sourire :

— Mes futurs épanchements de famille me paraissent précédés de préparatifs assez belliqueux... mes oncles sont gens de précaution, et si les trésors qu'ils défendent sont dans les mêmes proportions que leur prudence, je ferai peut-être bien d'épouser ma cousine Mignonne.

— Qui est là? demanda à l'intérieur une voix dure et pleine de menaces.

— C'est bien ici la Châtaigneraie? répondit Gaston.

— Oui.

— Le château de MM. de Vieux-Loup?

— Sans doute. Que leur voulez-vous?

— Je suis un voyageur attardé...

— Ah! fit-on à l'intérieur avec humeur.

— Et je désirerais fort trouver un gîte pour la nuit et un souper par-dessus le marché.

— Prenez le premier chemin à gauche, en bas des rochers, et suivez-le, il vous conduira au village. Vous frapperez à la porte d'une grande maison jaune qui est sur la droite, c'est l'auberge... Vous direz à Jean-Pierre qui est l'hôtelier, que vous venez de ma part; il vous recevra bien et ne vous étrillera pas trop, répondit celui des châtelains de la tour qui avait prudemment armé son fusil.

— Quel oncle charmant! murmura Gaston.

Puis il reprit tout haut :

— On m'avait dit que les barons de Vieux-Loup se faisaient un plaisir...

— On vous a trompé, répondit sèchement la voix, nous ne logeons pas les vagabonds.

— Même lorsqu'ils sont de votre famille! continua Gaston avec un flegme railleur.

— Oh! oh! fit la voix se radoucissant un peu, qui donc êtes-vous?

— Un parent de Vos Seigneuries.

— Nous n'avons pas de parent en Morvan.

— Aussi viens-je de plus loin.

— Corbleu! s'écria la voix, ce serait plaisant... si c'était...

— Ah çà, mon cher oncle, répondit Gaston, mis en belle humeur par la cauteleuse défiance du vieillard, est-ce pour me faire la mesquine plaisanterie de me laisser grelotter à votre porte que vous m'avez fait venir de Paris?

— Mon neveu! exclama-t-on, mon neveu Gaston?

— Lui-même.

— C'est bien vous, n'est-ce pas?

— Mais sans doute.

— C'est que, acheva le vieux châtelain avec un reste de défiance, par le temps de révolution qui court, il y a tant de mauvais sujets qui ne demanderaient pas mieux que de tourmenter de pauvres vieillards...

— « Mon frère Antoine, qui est un savant, a lu dans les livres que les mariages d'amour... » commença Gaston, citant textuellement le post-scriptum de la lettre des vieux gentilshommes.

Un cri de joie l'interrompit.

— Assez, dit-on, assez, monsieur mon neveu! Attendez, je vous ouvre, et si vous n'avez pas soupé, morbleu! nous mettrons bien la basse-cour à réquisition de façon à vous contenter.

Gaston entendit son oncle désarmer son fusil, le poser à terre, puis venir à la porte et mettre la main sur les verrous.

Il en tira un, puis deux, puis trois.

Jamais porte de prison ne fut aussi solidement ferrée.

Et enfin il fit jouer les deux tours d'une serrure qui grinça lugubrement, et la porte s'ouvrit.

Gaston vit alors un corridor noir et profond, qui ressemblait à une bouche de l'enfer; puis il fut subitement étreint par les bras robustes d'une sorte de géant orné d'une barbe blanche, et dont l'accoutrement bizarre avait, au clair de lune, les formes et les reflets les plus fantastiques.

L'oncle Joseph, car c'était lui, était couvert d'une culotte courte chaussée à la hâte et qui laissait sa jambe nue (il n'avait pas eu le temps de passer ses bas); d'une houppelande grise qui n'était ni un habit, ni une robe de chambre, ni une veste, mais quelque chose qui tenait de tout cela. Un bonnet de coton pointu, un de ces bonnets immortalisés par Arnal, couronnait le chef du digne gentilhomme et parachevait son étrange toilette.

— Comment, vous voilà! s'écriait-il avec une émotion qui attestait que s'il avait le cœur fort dur à l'endroit des vagabonds, il possédait à un haut degré les vertus de famille; vous voilà, mon cher neveu, le fils de notre frère bien-aimé!... Eh! mon Dieu! comment donc arrivez-vous à cette heure indue, à pied, par nos mauvais chemins? A bas, Jupiter! Allez coucher, Minerve!

Ces deux dernières exclamations, à l'adresse des chiens qui recommençaient à hurler, furent suivies d'un vigoureux coup de pied et coupèrent court à un épanchement de l'oncle Joseph, qui finit par songer qu'il pourrait bien s'enrhumer au clair de lune, et qu'il était convenable d'introduire son neveu en lieu plus hospitalier que la cour d'honneur convertie en basse-cour.

— Venez, lui dit-il, allons rallumer le feu, éveiller Mignonne et mon frère Antoine, et je souperai une seconde fois pour vous tenir compagnie, tant je suis joyeux de vous voir.

— Je vous suis, dit Gaston, mais n'éveillez personne.

— Pourquoi?

— Parce que j'ai soupé.

— Et où cela, bon Dieu?

— Je vous le dirai tout à l'heure. Mais où faut-il passer? Il fait noir dans ce corridor...

— Prenez ma main et ne craignez rien. Toujours devant vous .. prenez garde à ce pas... très-bien!... nous y sommes...

Gaston, malgré l'obscurité, reconnut qu'il se trouvait dans une pièce assez vaste, au fond de laquelle on apercevait une lueur rougeâtre et voilée, celle du foyer dont on avait couvert les tisons.

— Attendez, reprit l'oncle Joseph; avant tout il faut y voir.

Et il s'approcha de l'âtre, y prit une bûche et souffla dessus. La bûche pétilla soudain, et à la vague clarté des étincelles qui s'en échappèrent, il put mettre la main sur une de ces lampes de campagne qui ont la forme d'un tricorne, que les paysans appellent *kalen* et qu'on suspend habituellement sous le manteau de la cheminée.

Le kalen allumé, Gaston examina son oncle. A part son bizarre costume, M. le baron Joseph de Vieux-Loup, seigneur de la Châtaigneraie, était un beau vieillard dont l'énergique visage avait un cachet de sombre dignité et respirait un mélange bizarre de dureté et de bonhomie. L'oncle Joseph résumait assez bien ce type étrange, et presque effacé aujourd'hui, du paysan gentilhomme, personnage moitié laboureur, moitié guerrier, qui tenait alternativement le soc de charrue du laboureur, le couteau de chasse du veneur, et se rendait aux foires des environs, les fontes de sa selle garnies de pistolets et un fusil à double coup fixé à l'arçon par un talon de cuir. Après avoir d'un coup d'œil envisagé le baron, le jeune homme promena un regard rapide autour de lui.

La pièce où il se trouvait était la cuisine du manoir. Les murs en étaient noircis ; de vieux bahuts, des escabeaux grossiers en composaient tout l'ameublement; mais il y avait sous le manteau de l'âtre un grand fauteuil de vieux chêne sculpté garni en cuir de Cordoue à clous de cuivre, et au-dessus du manteau un assez beau trophée d'armes à feu et de vieilles épées, au-dessus duquel encore on apercevait l'écusson des Vieux-Loup, parfaitement conservé, et le rapprochement de ces armes soutenant les armoiries des anciens barons semblait dire que tout paysans qu'ils étaient, les fils des preux étaient résolus à maintenir par la force leurs titres de noblesse.

L'oncle Joseph ralluma le feu en un clin d'œil, puis il avança à son neveu le fauteuil de cuir de Cordoue et lui dit :

— Chauffez-vous, mon cher enfant, je vais éveiller Mignonne, et votre souper sera prêt dans dix minutes.

— Je vous répète, mon oncle, que j'ai soupé et qu'il est inutile d'éveiller personne.

— Bah! bah! fit l'oncle Joseph, qu'importe, à votre âge on soupe deux fois. Mignonne!

— Chut! lui dit Gaston mystérieusement; j'ai des choses sérieuses à vous dire.

— En vérité.

— Très-sérieuses, et il est inutile que ma cousine...

— Oh! oh! dit le vieux gentilhomme, qu'est-ce donc, mon Dieu! et la proposition que mon frère Antoine et moi... nous vous avons faite?...

— Me plaît infiniment.

— Alors, qu'est-ce donc?

— Tenez, asseyez-vous là et causons.

L'oncle Joseph regardait son neveu avec une béate admiration.

— Cornes de cerf! s'écria-t-il, vous ressemblez à votre père comme une goutte d'eau à une autre, mon cher neveu, et vous êtes bien certainement le plus joli garçon que j'aie vu depuis longtemps. Savez-vous que vous êtes mis comme un prince! Peste! Mignonne aurait la berlue si elle n'était folle de vous avant deux jours. Mais, à propos de Mignonne, ce que vous avez à me dire...

— Est très-mystérieux.

— Cornes de cerf!

— Écoutez-moi, mon cher oncle, savez-vous où j'ai soupé hier?

— Non.

— Et aujourd'hui?

— Pas davantage.

— A la Fauconnière, mon cher oncle.

M. le baron Joseph de Vieux-Loup fit un soubresaut sur son siége, se leva d'un bond et recula stupéfait.

— A la Fauconnière! s'écria-t-il avec un accent intraduisible, vous avez soupé à la Fauconnière?

— Oui, mon oncle.

— Chez le marquis de Lancy? cornes de cerf !

— Oui, mon oncle, il a une cuisinière de mérite.

— Mais vous êtes donc fou! exclama le vieux gentilhomme.

— Moi? nullement.

— Vous avez soupé à la Fauconnière?

— Et j'y ai couché hier, qui plus est.

— Mais, s'écria l'oncle Joseph avec une douloureuse colère, vous ne savez donc pas?...

— Je sais que les Lancy sont les ennemis des Vieux-Loup depuis des siècles.

— Ah! je comprends, fit le baron avec amertume, vous êtes jeune, vous avez les mœurs de Paris... on appelle cela des mœurs, cornes du diable! et vous traitez avec dédain les vieilles traditions de famille! Que vous importent, n'est-ce pas? les haines de vos pères, à vous les beaux fils de la génération actuelle!...

Et l'oncle Joseph avait des larmes d'indignation dans les yeux.

— Pardon, interrompit Gaston avec calme, il est une chose dont je doute fort.

— Et de quoi doutez-vous, monsieur mon neveu?

— Je doute que vous ayez pour les Lancy une haine aussi vivace, aussi implacable que la mienne.

Le baron Joseph de Vieux-Loup reprit une fois encore (il tombait d'étonnement en étonnement) :

— Mais dites-moi, alors, exclama-t-il, dites-moi que vous avez eu un moment de folie, de vertige... une hallucination...

— Rien de tout cela.

L'oncle Joseph regarda son neveu avec une froide attention.

— Dieu me pardonne, dit-il, je crois que vous êtes fou !

— Je ne crois pas.

— Mais alors, monsieur, expliquez-vous, parlez! Moi, Joseph, baron de Vieux-Loup, désormais le chef de votre famille, je vous en somme.

— Écoutez-moi donc, mon oncle, et vous verrez si je ne suis pas digne de porter notre nom, et si les Lancy eurent jamais d'ennemi plus implacable que moi. Hier j'étais, par le brouillard et la pluie, à huit heures du soir, égaré dans les bois qui se trouvent au-dessous de la Fauconnière.

Et Gaston conta avec quelques légères variantes sa rencontre de la veille avec Diane, et lorsqu'il en fut à ce point où la jeune fille s'était exprimée aussi irrévérencieusement sur le compte des châtelains de la Châtaigneraie, il donna à la suite de ses aventures la version suivante :

— Il me fut facile alors de reconnaître à qui j'avais affaire, et je vous avoue, mon cher oncle, qu'il me prit une terrible tentation de saisir ce démon à la gorge et de l'étrangler.

— Vous eussiez joliment bien fait, monsieur mon neveu.

— Peut-être, mon oncle ; mais une femme est toujours une femme, et nous sommes gentilshommes.

— C'est juste.

— Or, savez-vous alors l'idée infernale qui traversa mon cerveau ?

— Non, dit l'oncle Joseph, dont le mot *infernale* alléchait la curiosité.

— Je me pris à songer que le vieux marquis était au bout, que son fils était poltron, et que le seul homme de cette race maudite, le seul être qui pût chagriner la vieillesse de mes bons et excellents oncles, c'était mademoiselle Dragonne.

— C'est vrai, soupira l'oncle Joseph.

— Et je me dis alors, continua Gaston, que si ce diable incarné venait à se pendre ou à se noyer, voire même à se faire sauter la cervelle avec son fusil, mes pauvres chers oncles vivraient leurs derniers jours heureux comme des coqs en pâte.

— Ouais ! fit l'oncle Joseph radieux, je le crois, morbleu, bien ! Le tout est de trouver un bon petit moyen qui conduise mam'zelle Dragonne à ce résultat.

— Précisément, je l'ai trouvé, dit Gaston avec un flegme superbe.

— Cornes de cerf ! dites-vous vrai ?

— Écoutez donc : vous avez bien voulu m'accorder tantôt que j'étais... joli garçon.

— Charmant.

— Bien tourné.

— A ravir.

— Figurez-vous donc qu'à Paris il y a une foule de femmes absolument du même avis que vous.

— Heureux coquin !

— J'ai pensé justement que mam'zelle Dragonne augmenterait le nombre.

— Ah ! fit M. de Vieux-Loup, qui redevint aussitôt inquiet.

— Et j'ai touché juste. Dans huit jours elle m'aimera à en perdre la tête ; elle a déjà commencé...

— Mais... mais... objecta l'oncle Joseph, de plus en plus inquiet.

— Attendez donc, poursuivit Gaston... On m'a trouvé charmant au château ; le marquis raffole de moi, sa femme songe déjà à faire de sa fille madame de Launay ; Dragonne soupire de joie en songeant que je chasserai avec elle tous les jours... Or, vous comprenez, mon cher oncle, à la chasse, à la campagne, par les bois ombreux et les prairies vertes, quand on se voit tous les jours, on va grand train sur la route du

sentiment... En une semaine, mademoiselle Dragonne se mourra littéralement d'amour et me suppliera de demander sa main.

— Cornes du diable ! exclama M. de Vieux-Loup.

— Chut ! continua Gaston, jusque-là j'étais M. de Launay, de ce jour je redeviens M. de Vieux-Loup et j'épouse ma cousine Mignonne. Alors, désespérée, furieuse d'avoir été jouée, Dragonne se jette à l'eau ou se pend à un arbre.

— Bravo ! mon neveu, bravo ! s'écria le baron.

— Mais vous comprenez, mon cher oncle, que pour arriver au but sûrement, il faut que dans le pays nul ne sache qui je suis... que je ne vienne ici qu'en cachette, pour faire ma cour à Mignonne, et qu'elle-même...

— Oh ! dit le baron, nous pouvons la mettre dans la confidence et mon frère Antoine aussi.

— Diable ! pensa Gaston, et s'il est vrai qu'elle aime Albert de Lancy, elle lui découvrira naïvement le pot-aux-roses, et alors tout sera perdu.

— Soit ! reprit-il tout haut, mais je me charge alors de lui faire moi-même la leçon. Quant à mon oncle Antoine...

— Pardieu ! je l'entends marcher là-haut. Il se sera éveillé au bruit, et il est capable de croire qu'on m'assassine ; le mieux est de l'appeler.

L'oncle Joseph ouvrit une porte et cria :

— Holà ! Antoine ?

— Mon frère ?

— Accourez ! Notre cher neveu de Paris est arrivé, répondit joyeusement l'oncle Joseph.

L'oncle Antoine descendit quatre à quatre, et vint se jeter dans les bras de Gaston, avec non moins d'effusion que l'oncle Joseph.

M. le chevalier Antoine de Vieux-Loup de la Châtaigneraie était l'antithèse vivante de son frère Joseph.

Figurez-vous un petit homme tout rond, à la face épanouie, au sourire éternel, ventru comme Sancho Pança, haut en couleur et la face rubiconde, ainsi qu'un bourgmestre flamand, plutôt prêt à rouler qu'à marcher ; tout chauve, les mains grassouillettes comme un prélat, possédant toutes ses dents et sifflotant au travers, du matin au soir, une ariette dont il avait trouvé les paroles dans un vieux roman, et pour laquelle il avait improvisé la plus originale des musiques.

L'oncle Antoine avait un charmant caractère ; il riait toujours ; il prenait lestement le menton aux fillettes qu'il rencontrait à travers champs, et il savait par cœur tous les romans de mademoiselle Scudéri, de M. Crébillon fils, et du vénérable Ducray-Duménil, ce naïf conteur de nos pères. Madame Cottin elle-même n'était point étrangère aux souvenirs de littérature du digne gentilhomme. Il savait par cœur la touchante histoire de la pieuse Mathilde, du galant Sarrazin Malek-Adel ; il en citait même une phrase à propos et charmait les longues soirées d'hiver de la Châtaigneraie par des récits empruntés à ses auteurs favoris. Une seule chose était capable de rembrunir la face joyeuse de l'oncle Antoine, c'était le nom de mademoiselle Dragonne de Lancy, prononcé subitement devant lui.

Pas plus que son frère Joseph, M. le chevalier de Vieux-Loup n'entendait raison sur ce chapitre. Et c'était merveille de voir alors le petit homme rond prendre une attitude belliqueuse et montrer avec colère le poing au plafond enfumé de la cuisine du vieux manoir.

La haine collective des deux frères pour le nom de Lancy était aussi vivace que celle des Lancy pour le nom de Vieux-Loup. Il ne se passait pas une seule journée sans que l'oncle Joseph et l'oncle Antoine, qui, du reste, étaient en désaccord sur tout le reste, se cotisassent fraternellement pour envoyer à travers la vallée et l'espace un juron superbe et une magnifique imprécation aux murs croulants de la Fauconnière, qui se dressait devant eux comme un cauchemar éternel.

Si les descendants des sires de Vieux-Loup n'avaient été, en définitive, de très-honnêtes gentilshommes, ils auraient certainement mis le feu une nuit ou l'autre au manoir de leurs ennemis. Il est vrai qu'ils en parlaient sans cesse, que même ils projetaient gravement, chaque soir, de tordre le cou à ce diable incarné qu'on appelait Dragonne, ce qui ne les empêchait nullement, le lendemain, de se dire : — Nous sommes gentilshommes, après tout, et nous ne commettrons jamais une action déloyale.

On le voit, depuis le dernier combat des deux races ennemies, qui avait eu le Café de Paris pour champ de bataille, la haine des deux camps, si elle était toujours aussi vivace, avait des résultats moins dramatiques et ne se traduisait plus guère que par des menaces de la part des sires de Vieux-Loup et quelques coups de crosse de fusil que Dragonne se faisait un malin plaisir d'appliquer çà et là, et de temps à autre, aux valets de ferme de la Châtaigneraie qu'elle rencontrait sur son chemin et qui fuyaient épouvantés.

Ceci n'empêcha point cependant l'oncle Antoine de sourire avec férocité lorsque Gaston lui eut complaisamment déroulé avec ses futures et dramatiques péripéties le plan machiavélique qu'il venait d'exposer à l'oncle Joseph. Il poussa même la barbarie, tant il avait de fiel dès qu'arrivait la brune, jusqu'à parler d'acheter une bonne corde en chanvre tout neuf pour l'envoyer à mam'zelle Dragonne ; mais l'arrivée subite d'un quatrième personnage coupa court à ses abominables projets.

Ce personnage, on le devine, c'était Mignonne. Mignonne, tout comme l'oncle Antoine, avait entendu parler et rire dans la cuisine au-dessus de laquelle se trouvait sa chambre, et, curieuse comme on l'est à seize ans, intriguée au plus haut degré par ce vacarme inusité et même sans précédents dans les fastes de l'existence des hôtes de la Châtaigneraie, elle s'était levée à la hâte, mais non sans s'attifer le plus coquettement possible, car elle devinait la présence d'un étranger, et Mignonne était femme !

VI

Mignonne était une charmante créature.

Elle était blonde et frêle, elle avait des petites mains blanches et rosées et des pieds de fée. Sa robe, de futaine rayée, enfermait une taille souple et mince comme celle de cet insecte coquet qui se pose au bord des fontaines et qu'on nomme une *demoiselle;* quand elle souriait, ses jolies lèvres roses mettaient à découvert de belles dents blanches et bien rangées, en même temps que ses joues, qui avaient le duvet et le tendre coloris d'une pêche d'automne, se creusaient d'une fossette mutine. Bien certainement, si déjà il n'eût aimé Dragonne, Gaston eût éprouvé à sa vue la plus enthousiaste des admirations.

Cependant, il s'avoua que l'oncle Antoine et l'oncle Joseph n'avaient rien exagéré, et que la beauté de Mignonne égalait pour le moins, à un autre point de vue, celle de mademoiselle de Lancy.

— Mignonne, ma chérie, dit l'oncle Antoine de sa voix la plus caressante, tandis que la jeune fille s'arrêtait un peu confuse sur le seuil de la porte, ma chère petite Mignonne, nous te présentons ton cousin de Paris, qui est assez aimable pour venir rendre visite à ses vieux oncles et à sa jeune et jolie cousine.

Mignonne rougit à ce compliment et salua son cousin avec quelque embarras.

Gaston lui baisa galamment la main ; puis il se pencha à l'oreille de l'oncle Joseph et lui dit tout bas :

— Vous savez ce que je vous disais tout à l'heure ? Je possède un certain don de fascination sur les femmes.

L'oncle Joseph cligna de l'œil en signe d'intelligence.

— Vous devriez me laisser en tête-à-tête avec elle, je commencerais ma cour et je la mettrais dans le secret.

— Déjà ?

— Le plus tôt est toujours le meilleur.

L'oncle Joseph fit part de la demande de Gaston à son frère Antoine, lequel répondit par un regard d'approbation.

Quelques phrases insignifiantes furent échangées, puis le baron de Vieux-Loup se leva.

— Mignonne, ma chère belle, dit-il, tu sais que mon frère Antoine et moi nous sommes vieux et nous nous couchons comme les poules.

— Oui, répondit Mignonne avec une jolie moue pleine de mutinerie, ce qui fait que je suis obligée d'en faire autant, et c'est bien ennuyeux.

— Aussi, continua l'oncle Joseph avec non moins de câlinerie que naguère son frère Antoine ; aussi, ce soir, allons-nous te servir à ton goût. Antoine et moi nous allons nous coucher et nous te laissons avec ton cousin qui voudra bien t'accorder un quart d'heure avant de redescendre au village.

— Comment ! s'écria la jeune fille étonnée ; mon cousin ne loge point ici ?

— Non, dit Gaston en souriant, pour ce soir, au moins. Je vous expliquerai cela tout à l'heure.

Les deux vieux gentilshommes se levèrent et serrèrent la main à Gaston.

— Demain soir, reprit Gaston, après une certaine chasse au sanglier, que je dois faire avec mam'zelle Dragonne...

L'oncle Antoine, nous l'avons dit, était en veine de férocité régulièrement tous les soirs ; ce mot de chasse au sanglier lui inspira cette charitable formule : ·

— Si nous pouvions espérer un brave coup de boutoir...

— Ta ta ta, répondit Gaston en riant, ceci pourrait parfaitement arriver. Bonne nuit, mes chers et dignes oncles.

Et il demeura seul avec Mignonne, toute rougissante de se trouver en tête-à-tête avec un beau monsieur de Paris, dont le costume élégant et les manières aisées lui imposaient un peu.

Gaston prit sa cousine par la main et la conduisit au grand fauteuil de cuir de Cordoue, dans lequel, en hiver, M. le baron Joseph de Vieux-Loup, seigneur de la Châtaigneraie, présidait les longues veillées.

— Asseyez-vous là, lui dit-il, ma chère cousine ; je veux causer avec vous.

— Monsieur... balbutia Mignonne, qui rougissait toujours.

— Et d'abord, continua Gaston en riant, appelez-moi donc « mon cousin, » car je le suis, et soyons tout de suite comme de vieux amis qui ont à se faire des confidences.

— Ah ! murmura Mignonne.

— Car je veux vous parler confidentiellement, ma belle petite cousine. J'ai à vous apprendre bien des choses...

— A moi ?

— Dont vous ne vous doutez même pas du tout.

— Mon Dieu ! fit Mignonne émue.

— Oh ! rassurez-vous, je ne vous dirai rien de fâcheux ni de triste, chère petite cousine ; loin de là... Écoutez-moi plutôt.

Mignonne le regarda curieusement.

— Vous savez que nous sommes cousins germains ? reprit Gaston.

— Oui, dit Mignonne.

— Et qu'après nos oncles, je serai le dernier rejeton mâle des barons de Vieux-Loup ?

— Je le sais.

— Nos oncles vous adorent, ma belle cousine, si j'en juge par toutes les jolies choses qu'ils m'ont contées de vous.

— Ils sont si bons ! soupira tristement Mignonne.

— Mais ils m'aiment un peu, moi aussi, et c'est tout naturel, car je suis, comme vous, l'enfant d'un de leurs frères.

— C'est tout simple, murmura Mignonne.

— Or, savez-vous quel est leur projet ?

Mignonne devina à moitié et pâlit.

— Ils se sont dit qu'ils feraient sagement et bien, avant de rejoindre nos pères dans les caveaux de notre famille, d'assurer l'avenir de leurs neveux.

Mignonne écoutait haletante.

— Nous sommes leurs héritiers, vous et moi. Il semblerait, à première vue, qu'ils dussent nous partager par égale part leur fortune.

— C'est trop juste, soupira Mignonne.

— Eh bien ! poursuivit Gaston, il n'en est rien, cependant.

— Ah !

— Ils sont très-fiers, nos oncles ; ils tiennent essentiellement à ce que le nom de Vieux-Loup soit noblement porté, et ils pensent que pour cela il est besoin d'une fortune considérable.

— Ils ont raison, balbutia Mignonne, et je suis tout à fait de leur avis. Aussi je vous abandonne bien volontiers, mon cousin...

— Ce n'est point cela, ma jolie cousine ; il est un projet bien plus raisonnable...

Mignonne devint blanche comme une statue.

— Ils comptent écrire au pape et lui demander des dispenses.

— Des dispenses ?

— Afin de nous marier, ma chère Mignonne.

Mignonne devint livide.

— Cela ne vous semble-t-il pas charmant, continua Gaston, et croyez-vous, ma belle petite cousine, que nous ne pourrions pas faire beaucoup plus mal l'un et l'autre ?... D'abord vous êtes charmante ; je vous crois douce et bonne.

Mignonne laissa échapper un soupir.

— Et je ferai tous mes efforts pour vous rendre heureuse, je serai aux petits soins, je vous aimerai de tout mon cœur...

En parlant ainsi, Gaston avait pris tendrement la main de Mignonne... Il avait la voix et le geste caressants, il était tout près d'elle.

— Eh bien, fit-il, vous ne me répondez pas ?

Mignonne ne répondit point davantage ; mais tout à coup deux larmes brûlantes jaillirent de ses yeux, et elle retira sa main que Gaston pressait doucement dans les siennes.

— Eh quoi ! fit celui-ci, jouant admirablement la surprise, vous pleurez, Mignonne ?

Mignonne éclata en sanglots et cacha sa tête dans ses mains.

— Vous pleurez, dit Gaston à Mignonne, et

Entendez-vous? (Page 29.)

pourquoi? mon Dieu ! Avez-vous donc quelque aversion pour moi?

— Non, balbutia Mignonne.

— Vous ne voulez donc pas être ma femme?

— Je ne peux, murmura la pauvre enfant.

— Mignonne, dit Gaston gravement en reprenant ses deux mains, je préfèrerais mourir que vous causer la moindre peine, et vos larmes me font éprouver une vive douleur... Voyons, voulez-vous que je sois votre ami? voulez-vous vous confier à moi, m'ouvrir votre cœur?

Mignonne pleurait toujours.

— Je vous jure, reprit Gaston, que je désobéirais à mes oncles et serais prêt à encourir leur mécontentement plutôt que de vous chagriner. Mais, de grâce, avouez-moi le secret de votre cœur, comme à un ami, comme à un frère... Je le devine, ce secret, vous aimez...

— Hélas! soupira naïvement Mignonne.

— Et vous n'avez point osé parler de votre amour à nos oncles, puisque...

— Oh! dit Mignonne avec effroi, si mes oncles savaient...

— Ah! dit Gaston jouant la surprise, celui que vous aimez...

— Est un noble cœur, murmura la jeune fille.

— Peut-être est-il... pauvre.

— Non.

— De naissance obscure ?

— Il est noble comme nous.

— Mais alors... pourquoi?

— Oh! mon cousin, exclama Mignonne avec un redoublement de larmes, je sais bien que c'est impossible...

— Rien n'est impossible, ma chère petite cousine, surtout lorsqu'on a un ami dévoué comme moi...

Mignonne leva ses grands yeux bleus sur Gaston, et lut dans son visage un tel dévouement, une sympathie si vive qu'elle eut aussitôt en lui une confiance absolue, et elle lui prit vivement les mains.

— Je vais tout vous dire, fit-elle.

— Je vous écoute; parlez, Mignonne.

— Vous savez combien mes oncles détestent le marquis de Lancy.

— C'est une haine de famille.

— Ah! soupira Mignonne, se reprenant à pleurer, je vois bien que vous aussi...

— Moi, dit froidement Gaston, je ne partage nullement ces vieilles rancunes, qui sont aujourd'hui pour le moins ridicules...

Un cri de joie s'échappa de la poitrine oppressée de Mignonne.

— Vrai? exclama-t-elle,

— Très-vrai, répondit Gaston, et maintenant je devine, ou plutôt je viens d'obtenir de vous l'aveu d'un amour que je connaissais déjà... Vous aimez Albert de Lancy.

Mignonne tressaillit.

— Vous l'aimez, reprit Gaston, et vous vous croyez la plus malheureuse des jolies filles du pays morvandiau, chère Mignonne, parce que vous ne songez point que vous avez un frère, un ami, qui se nomme Gaston, et qui, en dépit des préjugés et des haines ridicules de nos vieux oncles, fera tant et si bien que vous épouserez Albert de Lancy.

Mignonne poussa un nouveau cri et se jeta dans les bras de Gaston avec la naïve expansion d'un enfant.

— Oui, dit celui-ci, je vous promets, Mignonne, que vous épouserez Albert, et cela dans peu de temps ; mais, dites-moi, comment vous êtes-vous vus, depuis quand vous aimez-vous ?

— Il y a bien longtemps, murmura Mignonne ; nous étions encore tout petits. Un jour, mon oncle Joseph allait à la chasse ; il prit le chemin qui descend en bas des châtaigniers et se dirigea vers les bois de la Fauconnière. En route, il rencontra Albert qui jouait en courant après les papillons, et le menaça du fouet.

« Albert se cacha derrière une haie et se mit à pleurer. J'avais suivi mon oncle de loin, à petits pas, me dérobant derrière un tronc d'arbre lorsqu'il se retournait. J'étais mue par une curiosité d'enfant, je voulais le voir tirer un coup de fusil.

« Je trouvai Albert qui pleurait. Je m'approchai de lui et le questionnai doucement. Il me raconta alors ce qui s'était passé, et je compris la méchanceté de l'oncle Joseph quand il m'eut dit son nom, car tous les soirs, à la Châtaigneraie, on disait du mal de M. de Lancy, et je sentais instinctivement qu'il y avait une haine implacable entre les deux familles.

« Je consolai Albert de mon mieux ; nous causâmes pendant quelque temps et puis nous nous mîmes à jouer. Le retour de mon oncle, que nous aperçûmes assez à temps pour pouvoir nous esquiver, mit fin à notre première entrevue.

« Quinze jours après, nous nous retrouvâmes par hasard sous les châtaigniers ; et depuis, acheva Mignonne, nous nous sommes revus souvent, toujours en cachette et à l'insu de nos deux familles. »

— Et vous vous aimez ? dit Gaston en souriant.

Mignonne soupira.

— Eh bien ! ma bonne petite cousine, continua-t-il en se levant et en lui mettant un baiser au front, si vous voulez vous fier entièrement à moi, vous épouserez Albert.

— J'ai en vous une foi absolue.

— Ce n'est pas tout...

— Ah ! dit Mignonne.

— Il faut encore être ma complice.

Mignonne étonnée regarda son cousin.

— Oui, reprit Gaston, il faut que vous m'aidiez dans mes projets, car, moi aussi, j'ai des projets.

— Vous ?

— J'aime Dragonne de Lancy.

Mignonne poussa un cri de joie.

— Oh ! alors, dit-elle, cette vilaine rancune finira bien par s'éteindre.

— Ce n'est nullement certain, car Dragonne hait nos oncles et notre nom avec un acharnement plus grand peut-être que celui de nos oncles eux-mêmes.

— Mais si elle vous aime !

— Pardon, je n'ai point dit cela. Mais elle pourrait parfaitement m'aimer sans savoir que je m'appelle Gaston de Vieux-Loup.

— Je ne comprends pas bien cela.

— Attendez, chère Mignonne.

Et Gaston raconta son histoire de la veille, non plus avec des restrictions et des variantes, comme il l'avait fait pour ses oncles, mais telle quelle et dans toute sa simplicité. Après quoi il lui rapporta textuellement son entretien avec l'oncle Joseph.

— Je ne sais trop encore où cela nous mènera, dit Mignonne ; mais j'ai foi en vous et je vous garderai le secret.

— Vous me le promettez ?

— Je vous le jure.

— Surtout vis-à-vis d'Albert.

Mignonne rougit ; la recommandation de Gaston signifiait clairement : Je suis bien certain que vous voyez...

— Albert est discret, murmura-t-elle.

— C'est possible ; mais si Dragonne savait aujourd'hui mon vrai nom, tout serait perdu ; ainsi jurez-moi qu'Albert lui-même...

— Albert ne saura rien, répondit Mignonne d'une voix ferme, je vous le jure.

— Alors, adieu, Mignonne, je retourne au pavillon.

— Quand reviendrez-vous ?

— Demain soir, vers neuf heures.

Gaston jugea inutile de parler à Mignonne de sa chasse du lendemain ; il lui mit un baiser au front, s'enveloppa de son manteau pour se préserver de la bise de la nuit, et il reprit le chemin du pavillon où sa lampe brûlait encore lorsqu'il arriva.

VII

Notre héros se mit lestement au lit, mais le sommeil fut lent à venir ; il aimait déjà Dragonne beaucoup plus que la veille, et les amoureux dorment peu, même lorsqu'ils ont vingt ans.

Gaston ne ferma les yeux que fort avant dans

la nuit, et il se trouva brusquement éveillé peu après par trois coups frappés à la porte du pavillon qui ouvrait sur la vallée.

C'était Dragonne qui arrivait le chercher pour la partie de chasse projetée.

Le jeune homme se vêtit à la hâte et descendit lui ouvrir.

Dragonne était suivie du jardinier, qui portait son fusil et celui qu'elle destinait à Gaston.

— Ah ! lui dit-elle en riant, il paraît que vous êtes un véritable chasseur parisien, de ceux qui comptent sur les chemins de fer pour paresser au lit jusqu'au lever du soleil.

— En effet, répondit Gaston, je ne vous attendais point aussi tôt.

— Il est quatre heures pourtant.

— Déjà?

— Dame! fit Dragonne en riant, vous vous êtes couché si tard. Antoine, qui se met au lit le dernier, à onze heures, a aperçu de la lumière à vos fenêtres.

— Le sommeil m'a pris à l'improviste, répondit Gaston, je me suis endormi sans avoir la force d'éteindre ma bougie.

L'excuse était plausible; Dragonne l'admit sans la moindre hésitation.

— Eh bien! dit-elle, apprêtez-vous, nous allons partir...

— Avant le jour?

— Mais sans doute, car nous avons une bonne trotte d'ici au bois où nous chasserons.

— Ah çà! fit Gaston, ce n'est donc pas une plaisanterie que ce projet d'attaque téméraire?

— Non, certes.

— Et vous n'avez pas de chiens?

— Un seul, une seule plutôt, car c'est une lice, une vaillante bête, qui donne rarement de la voix et a *le nez d'enfer*, comme on dit. Elle nous conduira droit à la bauge... Ah! c'est que, continua Dragonne tout bas, pour n'être point entendue du jardinier demeuré à l'extérieur, j'ai du nouveau à vous apprendre. Le garde-chasse de la Fauconnière a découvert dans le bois des Verrières les brisées d'une laie et de ses marcassins.

— Oh! oh! ceci vaut mieux qu'un sanglier.

— Je le crois bien! répondit Dragonne avec une joie d'enfant; ce sera un véritable combat.

— Et il vous a indiqué...

— Non pas; vous comprenez que je ne l'ai pas questionné, tant j'avais peur d'être devinée; mais je l'ai fait assez jaser pour savoir que les brisées étaient fréquentes en un carrefour du bois que je connais parfaitement et qui aboutit à un ravin étroit dans lequel les derniers orages ont fait glisser un bloc de roche qui en intercepte l'issue opposée. Je n'ai pas même annoncé hier que je chasserais ce matin, et j'ai dit au jardinier que nous ne nous écarterions pas beaucoup. Le brave garçon s'imagine, j'en suis persuadée, que nous nous contenterons de tuer un lièvre au nez de Fanfare, et que nous rentrerons à neuf heures pour déjeuner.

— Nous ne l'emmenons donc pas?

— C'est parfaitement inutile.

Mademoiselle de Lancy donnait tous ces détails à Gaston avec un calme parfait. Elle était charmante de hardiesse et d'attitude sous son costume de chasseur; elle s'appuyait sur son fusil avec un abandon apparent qui disait éloquemment son audace, et elle jouait du bout de ses doigts blancs et roses avec le manche de nacre sculpté d'un joli couteau de chasse qu'elle portait en sautoir, en sens inverse de sa carnassière. De temps en temps, Fanfare, la belle chienne au poil brûlé comme celle de la légende cynégétique, se dressait et appuyait ses grandes pattes tachées de feu sur les épaules de sa jeune maîtresse, qui la repoussait doucement en lui disant :

— Tout beau, ma belle, un peu de patience ; dans une heure, vous vous en donnerez à cœur joie, et il ne tiendra qu'à vous de vous chauffer à l'aise à l'haleine brûlante de la bête rousse, si vous parvenez à la bien acculer.

Pendant ce temps, Gaston terminait ses petits préparatifs.

Dragonne lui avait procuré, la veille, des guêtres de cuir montantes, des souliers ferrés et une veste de velours, le vêtement le plus commode pour courir la broussaille.

Il fut équipé en un tour de main, passa à sa ceinture un couteau de chasse semblable à celui de la jeune chasseresse, et rejeta sur son épaule gauche le canon de fusil à double coup que Dragonne avait chargé elle-même en y introduisant une charge de chevrotines d'un côté et deux balles mariées de l'autre.

— En route! dit-elle; nous avons une heure au moins, et nous n'atteindrons le bois des Verrières qu'au soleil levant.

Elle avait déjà renvoyé le jardinier.

Le bois des Verrières se trouvait en amont de la vallée et du torrent de Nevers; pour y arriver, il fallait côtoyer pendant quelque temps le bois de châtaigniers auquel le manoir des barons de Vieux-Loup avait emprunté son nom, et traverser ensuite le torrent sur un pont formé par un tronc d'arbre, au bout duquel s'ouvrait une vallée plus étroite et plus sauvage, dont les deux revers formaient le bois des Verrières.

Au moment où les deux jeunes gens quittaient le pavillon, une teinte opale irisait légèrement le ciel à l'horizon oriental ; une clarté blanche et mate glissait au sommet des montagnes, tandis que les bois et les vallons, encore plongés dans les ténèbres, ne jouissaient d'autre clarté que de ce crépuscule vague et sans rayon qui se dégage, en rase campagne, des émanations phosphorescentes de la terre et parvient à percer la nuit la plus obscure.

Dragonne cheminait la première avec cette assurance du montagnard et du chasseur qui se soucient peu des cailloux, des précipices et des ronces; elle guidait Gaston et fredonnait un air de chasse, au lieu de continuer l'entretien.

Pourquoi?

C'est que Dragonne, malgré son éducation virile, ressentait à un haut degré ces instincts de pudeur alarmée et de timidité naïve qui s'emparent de la femme à certains moments, surtout lorsqu'elle est seule en un lieu isolé avec l'homme qui commence à ne lui être plus indifférent.

Lorsqu'elle s'était trouvée seule, cheminant par la nuit et les sentiers avec Gaston, Dragonne avait éprouvé tout à coup comme une vague appréhension, une sorte de crainte d'elle-même et de lui, qu'elle ne pouvait s'expliquer ; c'est pourquoi elle passa devant, et, au lieu de causer, fredonna, d'une voix légèrement émue, le premier couplet de la fanfare qui, l'avant-veille, lui avait servi de ralliement avec Gaston.

— Mademoiselle, lui dit celui-ci, non moins ému, non moins troublé que la chasseresse, je réclame une faveur.

Dragonne se retourna.

— Vous plairait-il de me faire porter votre carnassière ?

— Pourquoi cela?

— Pour vous alléger.

— Elle est vide.

— Et votre fusil?

— Encore moins, monsieur ; un chasseur ne se sépare jamais de ses armes.

— C'est que, dit Gaston, c'est lourd à porter, et nous ne chassons pas encore.

— Merci de votre galanterie, répondit Dragonne, mais je vous refuse. Avant-hier, j'ai eu un moment de faiblesse et me suis trop souvenue que j'étais mademoiselle de Lancy ; mais aujourd'hui que nous allons attaquer l'hôte le plus redoutable de nos forêts, je veux être courageuse et forte. Et Dragonne s'élança d'un pas léger sur le tronc de sapin jeté sur le torrent et qui servait de point de jonction aux deux côtés de la vallée.

La clarté première de l'aube descendait insensiblement de la cime des montagnes ; à mesure que l'ombre s'effaçait, que les étoiles pâlissaient au ciel, que, dans le lointain, s'éveillaient une à une ces mille voix des champs, dont les murmures réunis renferment une harmonie mystérieuse et vague, et impriment à la nature ce cachet de poésie grandiose et sublime qui n'appartient qu'aux œuvres de Dieu, Dragonne sentait renaître peu à peu cette confiance en elle-même, cette énergie que la femme puise en la pureté de son cœur, et qui, un moment, avait failli l'abandonner.

Lorsqu'ils se trouvèrent à l'entrée de cette vallée sauvage dont les chênes séculaires formaient le bois des Verrières et recélaient le fort de la bête rousse, la jeune fille se retourna vers Gaston.

— Vous allez me faire une promesse, lui dit-elle.

— Laquelle?

— Vous me laisserez faire feu la première, à dix pas.

— Diable

— Et vous ne vous mêlerez de l'affaire que lorsque je serai hors de combat.

— Mais, mademoiselle...

— Chut! je suis entêtée et capricieuse.

— Mais je suis homme, moi...

— Eh bien ?

— Et vous êtes femme...

— Oh! si peu, dit fièrement Dragonne.

— D'accord, mais vous l'êtes.

— Où voulez-vous en venir ?

— A ceci, qu'en toute circonstance le premier péril revient de droit à l'homme.

— Une fois n'est pas coutume ; pour aujourd'hui, ce sera le droit de la femme. Tout ce que je puis vous permettre, c'est de venir à mon secours, si je suis en cas de male mort.

— Vous voulez donc que je me déshonore.

— Mon Dieu!... fit Dragonne froidement, les histoires des temps passés sont pleines de châtelains qui se damnaient à cœur joie pour les beaux yeux d'une comtesse ou d'une baronne.

— Oui, dit Gaston qui saisit au vol cette faute légère de la jeune fille ; mais aussi la baronne ou la comtesse en question les aimait.

Dragonne rougit, et son cœur se prit à battre avec effroi ; cependant elle répondit en riant, et tempérant son sourire par un accent boudeur où perçait le reproche :

— Mon cher monsieur de Launay, allons-nous donc faire un madrigal au lieu de songer à notre chasse ?

Gaston se tut, et il éprouva en même temps comme une sensation d'ivresse inconnue. Il devina que Dragonne avait peur, et, si elle avait peur, c'est qu'elle se défiait déjà d'elle-même... c'est qu'elle pourrait bien l'aimer...

— Tenez, reprit Dragonne, voici Fanfare qui prend le galop et entre sous le bois. Dans dix minutes, nous aurons des nouvelles de la bête. Quant à nous, gagnons ces rochers que vous voyez sur la gauche et qui dominent le val. Nous allons nous y asseoir, et attendre qu'il fasse clair et que Fanfare nous ait donné signe de vie. Alors, je la rappellerai, et nous irons sur le fort en la suivant.

Dragonne gravit le talus qui séparait le fond de la vallée des rochers qu'elle avait indiqués, et elle arriva la première sur leur étroite plate-forme.

Gaston la suivait de près ; cependant elle était déjà debout sur les rochers qu'il en atteignait à peine la base, et il s'arrêta, malgré lui, pour admirer la séduisante et martiale attitude de la jeune fille.

Elle était coiffée d'un petit chapeau de feutre gris, à larges ailes, à forme conique, et elle l'avait coquettement incliné sur l'oreille, ainsi qu'un page de Louis XIII. Le pied tendu en avant, le coude appuyé sur son fusil, elle avait la tête haute, tendue en avant ; elle semblait aspirer avec délices les premières bouffées de la brise matinale et prêter l'oreille par avance aux aboiements de Fanfare, qu'elle attendait avec impatience.

Gaston la rejoignit au moment où le premier rayon de soleil, glissant à la crête des monts, tombait sur la vallée, et tout aussitôt, Fanfare donna un vigoureux coup de voix dans les taillis voisins, et Dragonne tressaillit, tandis que son visage exprimait cette satisfaction enthousiaste, cet éclair d'audace inspirée qui s'empare du chasseur quand retentit la voix des chiens.

La laie et ses marcassins n'étaient pas loin ; *on en reverrait,* qu'on nous pardonne l'expression technique.

VIII

La vallée où Gaston s'était engagé sur les pas de Dragonne était abrupte et sauvage, et rappelait vaguement une de ces gorges sombres des Apennins ou des Calabres, si énergiquement rendues par le pinceau de Salvator Rosa, et parfois des peintres de son école.

Aussi loin que la vue pouvait s'étendre au nord, l'œil ne découvrait que des bois épais de belle venue, sombres d'aspect, au milieu desquels se dressaient çà et là, ainsi qu'un fantôme géant recouvert de son suaire, une agglomération de rochers grisâtres affectant les formes les plus bizarres et plus tourmentées.

Ce vallon était creusé en entonnoir ; large au nord, du côté de la grande vallée où se dressaient vis-à-vis l'un de l'autre les manoirs de la Fauconnière et de la Châtaigneraie, il allait se rétrécissant vers le sud, à mesure que les montagnes qui l'enserraient devenaient plus ardues, plus hautes et moins accessibles, et enfin il se trouvait encaissé tout à coup par deux talus granitiques où le pied le plus exercé eût vainement cherché un sentier. Là, alors, les grands bois dégénéraient en maigres taillis qui bientôt faisaient place à des bruyères grises de chétive venue ; ensuite la bruyère disparaissait à son tour, et soudain le vallon, âpre et nu, se trouvait fermé par un énorme rocher longtemps suspendu par un peu de terre durcie, garnie d'une végétation souffreteuse, et qui avait fini, à l'aide des pluies du dernier automne, par entraîner de son poids cette faible entrave et par rouler dans l'abîme, qu'il avait comblé.

Depuis lors, impossible d'aller plus loin : un lièvre n'aurait pu y trouver passage, et les veneurs des environs s'en applaudissaient et combinaient toujours leurs plans de laisser-courre de façon à y acculer la bête de chasse qui, arrivée là, se trouvait forcée de faire tête aux chiens, sous la dent meurtrière desquels elle succombait bientôt.

Ce vallon, qui se nommait le bois des Verrières, était un des plus giboyeux de la lisière méridionale du Morvan ; il appartenait presque tout entier à M. de Lancy, et Dragonne, en chasseresse passionnée qu'elle était, donnait fort peu de permissions, même aux braconniers ses amis, lesquels, du reste, s'en passaient parfaitement, mais avaient la délicatesse de ne point toucher au gros gibier.

Lorsque mademoiselle de Lancy voulait courir un daim, elle découplait au bois des Verrières, en cachette presque toujours, du reste, car le sanglier abondait dans les environs, et le marquis n'entendait pas que sa chère Dragonne allât s'exposer aux périls de cette terrible chasse.

Qu'on nous pardonne cette description des lieux, un peu longue peut-être, mais nécessaire pour l'intelligence complète de la scène que nous allons décrire.

Le premier coup de voix de Fanfare fit tressaillir Dragonne, ainsi que tressaille, hennit et pointe les oreilles le cheval de bataille auquel parvient tout à coup un lointain accord de clairon.

Elle regarda Gaston et lui dit :

— Entendez-vous ?

— Oui, répondit Gaston avec calme, et il arma son fusil, après avoir préalablement introduit dans chacun des canons sa baguette, auprès de laquelle il plaça sa main ouverte pour juger de la charge.

— Oh ! lui dit Dragonne en souriant, soyez tranquille, les amorces sont bonnes, la poudre est vieille de dix ans, les balles sont justes, et si vous les logez toutes deux au défaut de l'épaule, la bête de chasse fût-elle un ours, je vous réponds d'un trou bien net comme n'en font pas ces projectiles vantés des arquebusiers de Paris, qui étalent à leur porte des plaques de fer traversées d'outre en outre.

La sauvage poésie du site, les caresses turbulentes du vent matinal, l'isolement, la pureté du ciel, et surtout cette première symphonie, discordante pour toute autre oreille que celle d'un chasseur, et que les chiens exécutent si bien en broussaillant le taillis et mettant le nez sur la brisée, avaient rendu à mademoiselle de Lancy cette mâle audace qui formait la base de son caractère.

En ce moment, la femme s'effaçait devant le chasseur ; la femme timide, craintive, secrètement émue du trouble inusité de son cœur, et déjà effrayée de son isolement avec l'homme vers qui une mystérieuse sympathie l'attirait, cette femme venait de s'évanouir. Restait Dragonne !

Dragonne, la jeune fille aux mœurs viriles, l'intrépide défenseur du nom de Lancy, Dragonne, la chasseresse, qui gourmandait à coups de crosse les valets de la Châtaigneraie ; Dragonne, enfin, dont les narines roses se dilataient et aspiraient avec volupté ce parfum du péril futur que lui annonçait la voix de Fanfare, ainsi que le soldat se grise par avance en humant l'odeur de la poudre.

Elle était superbe de pose, de maintien, de

froid courage sur le roc qu'elle foulait dédaigneusement, et du haut duquel elle dominait le vallon, prêtant une oreille intelligente aux aboiements de la belle chienne, qui battait le taillis et suivait au galop, s'arrêtant parfois, parfois revenant sur ses pas, les méandres de la brisée.

En ce moment, elle ne s'occupait plus de Gaston; elle cherchait à comprendre, aux intonations diverses échappées de la gorge enrouée de Fanfare, le plus ou moins de temps écoulé depuis le passage de la bête, la direction qu'elle avait prise après quelques fuites, et dans quelle direction elle avait établi son fort; car, dès le premier coup de voix, il lui avait été facile de deviner que la chienne était sur la voie de la laie, et non point d'un dix-cors ou d'un bouquetin. Elle se retourna enfin vers Gaston, et lui dit :

— Nous avons un bonheur inouï.

— En quoi, je vous prie?

— En ce que le fort de la bête est tout à fait dans le fond du vallon, à vingt pas du cul-de-sac.

— Eh bien?

— Vous allez voir en quoi consiste notre bonheur. Si le fort se fût trouvé par ici, il eût été possible que la laie s'esquivât, se fît battre par Fanfare, et, refusant de nous faire tête, gagnât la partie nord du vallon. Alors tout était manqué, elle nous échappait, car il était impossible de la forcer et de l'acculer avec un chien seulement. Mais, au contraire, j'en juge par Fanfare qui galope en aval et ne s'arrête plus à fouiller les fourrés; au contraire, dis-je, elle est à vingt pas du cul-de-sac, dans une de ces dernières tailles qui sont à la lisière du bois, là où finit la futaie et commence la bruyère. Je vais rappeler Fanfare, nous la suivrons au pas et ne la lâcherons qu'à cent mètres de la bauge.

— Je commence à comprendre, dit Gaston.

— La bête prise sur ses derrières, poursuivit Dragonne, gagnera inévitablement le fond de la vallée, et ira se heurter au rocher qui la ferme. Force lui sera donc, alors, de rétrograder et de nous faire tête. Alors Fanfare la tiendra ferme d'une part et vous lui barrerez le passage de l'autre. Quant à moi...

— Mademoiselle, interrompit Gaston, permettez-moi de modifier votre plan.

— Voyons.

— C'est fort joli, reprit le jeune homme, d'attaquer un sanglier dans sa bauge et de l'éventrer gaillardement d'un coup de couteau de chasse; mais on court le risque d'être décousu, et franchement le jeu n'en vaut pas la chandelle.

— Ah çà! répondit Dragonne, auriez-vous peur, monsieur de Launay?

— Question bien impertinente, je vous jure, mademoiselle.

— On le croirait presque...

— Voulez-vous une preuve du contraire?

— Je l'attends avec une vive impatience.

— Eh bien! permettez-moi d'achever.

— Faites.

— Je vous disais donc que le jeu n'en valait pas la chandelle, lorsqu'on avait vingt ans, comme vous, qu'on était fille adorée de sa famille, et qu'on avait à jouer dans le monde le rôle d'une femme spirituelle et charmante, ce qui vaut mieux, assurément, que le rôle d'une amazone qui dépense son courage et risque sa vie pour le plaisir stérile d'assassiner une bête stupide et féroce.

Dragonne se mordit les lèvres et fit un mouvement d'impatience.

— Attendez, poursuivit Gaston. Cependant, je comprends jusqu'à un certain point une pareille fantaisie. Mais ce que je ne comprends pas, ce que je ne puis admettre, c'est que la femme que séduit une telle aventure se laisse accompagner par un jeune homme, fort, qui n'a point le droit d'être lâche, à qui son sexe même réserve la première place devant le péril, et qu'elle dise à cet homme : « Vous allez me suivre; vous assisterez à la lutte, mais vous n'y prendrez aucune part. »

— Ah! fit Dragonne un peu confuse.

— Il me semble, reprit Gaston, qu'il serait beaucoup plus raisonnable que je fisse le premier pas.

— Et s'il n'y en a pas de second, riposta Dragonne, quel sera encore mon rôle?

— Pardon, observa Gaston, le sanglier peut me découdre, et alors...

— Ah! oui, fit Dragonne avec une moue charmante; quand vous serez à terre, sanglant, mort peut-être, alors, moi, je serai chargée de vous venger... Eh bien! je ne veux point cela, monsieur; je suis femme, j'ai le droit d'ordonner, vous devez m'obéir.

— Je vous ferai respectueusement observer, mademoiselle, que mon devoir de galant homme est de m'y refuser.

Dragonne frappa du pied avec mutinerie.

— Voyez-vous, continua Gaston, qu'un coup de boutoir vous renverse, que vous soyez foulée aux pieds, fouillée par cette horrible bête? Il me sera fort glorieux, vraiment, de l'abattre lorsque vous serez blessée, et peut-être mortellement...

Ce que disait Gaston était d'une logique rigoureuse, et Dragonne le comprit parfaitement.

— Eh bien! lui dit-elle, prenons un moyen terme : rapportons-nous-en au sort.

— Non, dit Gaston, il y a mieux...

— Comment cela?

— Nous attaquerons tous deux.

— La lutte, il me semble, perdra fort de son héroïsme.

— Mais non, si l'on songe surtout que la laie a des marcassins.

— C'est juste, fit Dragonne. Allons, qu'il en soit comme vous voudrez.

Et Dragonne prit la petite trompe de chasse

qu'elle portait en sautoir, l'emboucha, et en tira les premières notes aiguës et claires d'un bruyant *romps-les-chiens* qui arrêta court l'intelligente Fanfare.

Dans les pays montagneux, où la chasse à courre ne peut être suivie à cheval, on arrive, par de laborieuses leçons, à dresser les chiens de meute à des arrêts qui permettent au veneur de les rejoindre. Le chien, fait à ce manége, demeure alors immobile, le nez sur la voie, la queue horizontale, l'oreille tendue, et il attend que son piqueur ou le veneur lui-même le rejoigne. Alors il reprend sa course. Au bout de dix minutes, Gaston et Dragonne rejoignirent Fanfare, qui les attendait et ne donnait plus de la voix.

— Allez, ma belle, lui dit mademoiselle de Lancy, pied lent et nez sûr; nous te suivons.

Dragonne, alors seulement, daigna armer son fusil.

— Il faut tout prévoir, dit-elle à Gaston, mais il est probable qu'il me suffira de mon couteau.

Fanfare galopait lentement, revenant quelquefois sur ses pas, puis repartant, mais ne laissant jamais entre elle et les chasseurs qu'un intervalle de quelques pas.

La vallée se rétrécissait toujours à mesure qu'ils avançaient, la futaie devenait plus rare à droite et à gauche, les taillis broussailleurs commençaient; Dragonne éprouvait petit à petit cette indicible émotion, étrangère à la crainte, du reste, et qui s'empare du chasseur lorsqu'il prévoit que la bête n'est pas loin. Fanfare approchait toujours, donnant un coup de voix de temps à autre, et tournant vers sa maîtresse un œil intelligent.

Soudain elle s'arrêta, fit tête queue, poussa un long aboiement et fit mine de vouloir rebrousser chemin.

— Oh! oh! dit mademoiselle de Lancy en regardant Gaston, ceci est bizarre; on croirait que Fanfare renonce sur la voie.

— C'est une refuite, répondit Gaston. Avant de gagner la bauge, la bête aura fait une pointe.

— Et peut-être n'est-elle pas rentrée, fit Dragonne un peu désappointée.

Mais la chienne se retourna de nouveau et reprit la voie.

Dragonne respira. Gaston commença à réfléchir.

Or, en réfléchissant, Gaston se disait :

— Cette jolie Dragonne est une franche étourdie, et si je la laisse s'aventurer, elle ira, tête baissée, se faire découdre. Or, je l'aime, c'est incontestable, et je songe sérieusement à en faire ma femme. Il serait donc absurde et sans précédent que, pour satisfaire son caprice de petite fille jouant à l'amazone, je lui laisse courir un danger réel. Si la laie tient tête, je lui campe une balle, à moins que je ne sois assez heureux pour devancer Dragonne et tuer le monstre d'un coup de couteau sur la nuque, à la manière des toréadors.

Un soubresaut de Fanfare arrêta court le monologue prudent de Gaston. La chienne, à vingt pas d'un hallier, le dernier du fourré, avait fait un saut en arrière, puis elle avait été prise de ce tremblement subit qui s'empare des plus braves chiens lorsqu'ils se sentent seuls en présence d'un ennemi aussi redoutable que le sanglier.

— Hardi! Fanfare, sus! ma belle! cria Dragonne.

L'émotion de la chienne ne tint pas contre les encouragements de sa maîtresse; elle répondit par une grêle de notes enrouées où perçait la fureur, puis elle s'élança et fouilla résolûment le hallier, où bientôt elle disparut.

Des grognements plaintifs et rauques en même temps répondirent bientôt à la magnifique sonnerie de Fanfare; puis un marcassin de quatre ou cinq mois sortit du fourré et vint donner tête baissée dans les jambes de Gaston.

— Malédiction! lui dit Dragonne, la laie n'est point rentrée à la bauge. Notre chasse est manquée. Et elle envoya au marcassin la balle de son canon droit et le tua roide.

Au même instant, le second nourrisson de la laie sortit du hallier et voulut fuir.

Fanfare le suivait et lui mordait les jarrets avec fureur.

On eût dit que la vaillante bête était confuse et désappointée de ne point rencontrer un ennemi digne d'elle.

Dragonne, non moins furieuse que la chienne, campa son dernier coup de fusil au second marcassin; mais soit qu'elle eût ajusté trop précipitamment, soit que l'émotion dépitée qu'elle éprouvait l'eût mal fait épauler, la balle de la jeune fille subit une légère déviation, et au lieu d'atteindre le marcassin à l'épaule et de le foudroyer, elle lui fracassa la cuisse gauche.

Le marcassin roula sur lui-même, ainsi qu'un lièvre qui fait le manchon, et la douleur lui arracha les cris, les grognements les plus discordants, qu'augmentaient encore les morsures cruelles de Fanfare qui lui fouillait les entrailles.

Pendant deux minutes, Dragonne et Gaston en demeurèrent étourdis. Vainement essayaient-ils de rappeler Fanfare; Fanfare était sourde et impitoyable. Le marcassin faisait retentir la futaie et les nombreux échos des rochers de ses hurlements les plus lugubres, et Gaston n'osait lui envoyer une balle à son tour, car Fanfare le couvrait.

— Il faut en finir, dit alors mademoiselle de Lancy.

Et elle courut au marcassin, dégaîna son couteau de chasse, et écartant Fanfare à coups de fouet, elle coupa la gorge à l'animal, qui exhala son dernier grognement et son dernier souffle avec un flot de sang.

L'action de Dragonne avait été assez prompte pour que Gaston ne songeât pas à la suivre; mais il était à vingt pas d'elle, et tout à coup il tressaillit à un bruit subit qui s'élevait des hal-

Il la déposa sur l'herbe et lui jeta de l'eau au visage. (Page 33.)

liers voisins, un bruit de feuilles froissées, de branches brisées et coupées net, une sorte de galop sourd qui ressemblait à un murmure de l'ouragan, et Dragonne ne s'était point relevée encore, car pour couper la gorge du marcassin, elle avait été forcée de s'agenouiller, que la laie, que les cris désespérés de sa progéniture avaient attirée, déboucha à trois pas aux regards épouvantés de Gaston, qui vit Dragonne perdue.

Épauler, faire feu coup sur coup, fut pour le jeune homme l'affaire d'une seconde. Au premier coup, le monstre ne tomba point ; au deuxième, il roula sur le sol en hurlant ; mais il se releva tout à coup, écumant, le crin hérissé, l'haleine brûlante, l'œil hagard, et il donna tête baissée sur Dragonne encore à genoux...

Et Gaston avait lâché ses deux coups.

Le siècle d'agonie qui s'écoula pendant les deux secondes que le jeune homme mit à franchir l'espace qui le séparait de la laie est impossible à décrire.

Dragonne avait poussé un cri, et elle était renversée sous le monstre, qui la fouillait, heureusement avec plus de fureur que de discernement, et labourait le sol de ses boutoirs.

Gaston se précipita sur lui, l'étreignit à bras le corps, l'enleva de terre avec une vigueur herculéenne, et comme il l'avait saisi par les reins, qu'il ne craignait point, par conséquent, un coup de boutoir, il le lâcha. Dragonne une fois dégagée, il tira son couteau.

La laie, sanglante et épuisée déjà, revint cependant sur lui et broya sous ses redoutables mâchoires le canon du fusil déchargé que Gaston tenait encore et dont il s'était fait un bouclier.

Mais alors Gaston retrouva complétement son sang-froid, et, abandonnant son arme à la fureur du monstre, il fit un saut de côté et lui plongea verticalement son couteau dans le cou, à la naissance de l'épaule. La laie tomba foudroyée...

Gaston revint alors à Dragonne.

Dragonne était couverte de sang et horriblement pâle. Elle avait reçu un coup de boutoir peu dangereux, heureusement, dans les chairs du bras gauche ; mais la douleur était si vive qu'elle s'évanouit dans les bras de Gaston, au moment même où celui-ci essayait de la remettre sur ses pieds.

Notre héros s'occupa peu de l'évanouissement ; mais il ouvrit aussitôt la veste de chasse de Dragonne, lui dégagea le bras, étancha le sang, s'assura que l'os ni aucun nerf n'avaient

Albert, est-ce vous? (Page 39.)

été touchés, et il banda la plaie avec son mouchoir.

Dragonne ainsi évanouie, la poitrine à demi découverte, pâle et les yeux fermés, était belle à ravir.

Gaston la prit dans ses bras avec un enthousiasme fébrile, et il l'emporta sur ses épaules, à travers le bois, se souvenant qu'il avait traversé, un quart d'heure avant, un petit ruisseau, vers lequel il se dirigea. Lorsqu'il y arriva, Diane était évanouie encore; il la déposa sur l'herbe et lui jeta de l'eau au visage.

Dragonne revint à elle aussitôt, ouvrit les yeux, et regarda Gaston avec un profond étonnement.

Le visage bouleversé du jeune homme et les caresses de sa chienne qui lui léchait les mains avec un hurlement plaintif, lui rappelèrent confusément ce qui s'était passé.

— Ah! dit-elle avec un soupir et enveloppant Gaston d'un regard noyé de langueur, c'est la première fois de ma vie, mais j'ai eu bien peur.

— Et moi! fit Gaston en portant la main à son cœur qui battait à rompre.

Dragonne laissa échapper un geste de douleur, son bras lui faisait mal.

Gaston la rassura, lui dit que la blessure était sans gravité, et l'engagea à se lever et à rentrer au château.

Dragonne remarqua alors le désordre de son costume; elle rougit et rajusta pudiquement sa veste, après avoir fait, avec sa cravate, une écharpe pour son bras.

La distance du lieu où Dragonne et Gaston se trouvaient alors était, par un raccourci qui suivait la lisière des bois, d'une demi-heure de marche à peine.

La douleur qu'éprouvait Dragonne n'était point assez violente pour l'empêcher de marcher, et elle s'appuya sur le bras de Gaston.

Elle fut pensive durant la route, moins occupée peut-être de l'accident qui venait de lui arriver que d'une souffrance inconnue dont il lui était encore impossible de déterminer la cause.

Gaston lui-même était devenu tout rêveur, et s'il est vrai que l'amour s'accroît des sacrifices qu'on lui fait, bien certainement celui qu'il éprouvait pour Dragonne se trouvait grandi de tout le dévouement dont il venait de lui donner des preuves.

Ils échangèrent quelques mots à peine en chemin. Dragonne rêvait toujours, les yeux baissés, et soupirait parfois. Gaston songeait, avec une sorte de terreur, au danger qu'elle venait de courir.

Ils arrivèrent ainsi au château, et à la porte Dragonne s'arrêta et dit à Gaston :

— Savez-vous que je suis réellement bien honteuse ?

— Pourquoi ?

— Parce qu'au lieu d'une victoire, j'ai à annoncer une défaite.

— Qui vaut mieux qu'une victoire, mademoiselle.

— C'est-à-dire que c'est une leçon, fit-elle avec quelque dépit.

— Non pas; mais je veux dire qu'elle m'a prouvé combien l'homme doit être fier d'avoir un peu de courage et de présence d'esprit, puisqu'il m'a été permis de vous sauver.

Elle lui tendit la main.

— Je ne l'oublierai jamais, lui dit-elle.

Gaston porta cette main à ses lèvres avec un élan de passion qui troubla Dragonne outre mesure.

Elle rougit bien fort et reprit brusquement :

— Comme on va me gronder ! que vais-je dire à mon père ?

— Je me charge de vous excuser.

— Êtes-vous un bon avocat ?

— Je puiserai mon éloquence dans mon cœur.

Dragonne tressaillit et rougit encore, et elle entra au château en baissant pudiquement les yeux.

On ne s'attendait point à la voir arriver si vite, et la marquise poussa un cri lorsqu'elle parut sur le seuil du salon avec son bras en écharpe et son justaucorps taché de sang.

— Ce n'est rien, dit-elle en souriant, j'en suis quitte pour une égratignure.

Le marquis et sa femme, à la vue de ce sang, avaient pâli tous les deux.

— Mon Dieu ! s'écrièrent-ils en même temps, qu'est-il donc arrivé ?...

— Il est arrivé, répondit mademoiselle de Lancy avec gravité, qu'il faut remercier Dieu et M. de Launay, car j'ai failli mourir.

Et Dragonne, oubliant ou feignant d'oublier que Gaston s'était chargé de tout expliquer, raconta franchement et dans leur effrayante simplicité tous les détails de cette matinée périlleuse, et lorsqu'elle eut fini, le marquis et la marquise, encore frissonnants, tendirent d'un commun élan leurs mains à Gaston, que cette effluve de gratitude toucha jusqu'aux larmes.

Puis on s'occupa de Dragonne.

Son bras fut de nouveau mis à nu : sa blessure, sondée minutieusement par le jardinier, qui avait quelques connaissances en chirurgie, fut reconnue peu grave. Cependant il fut décidé qu'elle se mettrait au lit et le garderait pour un jour ou deux.

Gaston s'installa à son chevet avec le reste de la famille.

Dragonne continua à être rêveuse et triste; puis, vers le soir, la douleur qu'elle ressentait à son bras devint plus aiguë, un peu de fièvre

se déclara. On jugea prudent de ne point la faire parler davantage.

La marquise seule demeura au chevet de sa fille, et tout le monde se retira.

Au moment où Gaston sortait, Dragonne lui tendit sa belle main.

— A demain, lui-elle; vous viendrez de bonne heure, n'est-ce pas ?... Vous me lirez quelque chose, une page de Lamartine ou de Sandeau, mes poètes favoris.

— Oui, répondit Gaston en baisant cette main qu'on lui abandonnait.

A neuf heures, Gaston quitta la Fauconnière pour se rendre à la Châtaigneraie. A la façon affectueuse dont on lui avait dit au revoir, le jeune homme comprit que cette maison lui était ouverte, et que, sans ce nom maudit qu'il portait, rien ne pourrait lui être plus facile que de faire bientôt partie intégrante de la famille.

Mais Gaston croyait à sa destinée, et il avait bon courage, car, il le sentait, si elle ne l'aimait déjà, Dragonne l'aimerait bientôt.

DEUXIÈME PARTIE

UN MESSAGE D'OUTRE TOMBE

I

Gaston ne s'arrêta pas au pavillon; il y alluma simplement sa lampe et monta à la Châtaigneraie.

La nuit était obscure et le ciel nuageux; il n'avait donc à prendre aucune précaution. D'ailleurs Dragonne était au lit, et quelle autre qu'elle, pensait-il, pouvait avoir quelque intérêt à épier ses démarches ?

Au moment où il atteignait le fossé qui ceignait le vieux manoir, Gaston regarda sa montre, en s'aidant de la clarté de son cigare.

Il était dix heures.

Pourtant la Châtaigneraie n'était point, comme la veille, perdue en un majestueux sommeil, et une lumière brillait derrière les vitres noircies des croisées, au rez-de-chaussée de la grosse tour.

Bien plus, au moment où Gaston mit le pied sur le pont de sapin qui remplaçait depuis un demi-siècle le pont-levis féodal, la porte de la tour s'ouvrit, et l'oncle Antoine parut une lanterne à la main.

— Oh ! oh !..., dit le jeune homme, il paraît qu'on m'attend avec impatience aujourd'hui.

Mais l'interrogation dont l'oncle Antoine appuya son apparition prouva à Gaston qu'il s'était appliqué, avec une fatuité un peu légère, la veillée prolongée de ses oncles les châtelains.

— Mignonne, appela l'oncle Antoine, est-ce toi?

— Non, répondit Gaston, ce n'est point Mignonne.

— Ah! c'est vous, mon neveu?

— Moi-même, mon oncle, et pardonnez-moi d'arriver un peu tard.

— C'est singulier, dit l'oncle Antoine, prêtant une attention distraite aux excuses de Gaston, cette petite Mignonne est incorrigible.

— Que voulez-vous dire, mon oncle?

— Je veux dire, grommela l'oncle Antoine avec humeur, que cette *pécore* aime à se promener la nuit comme les chats de gouttières et les loups.

— Ma cousine Mignonne est donc sortie?

— Depuis la brune.

— Et vous ne savez où elle est?

— Mais si, répondit le bonhomme; elle est allée au village faire des provisions.

— Ah!...

— Il faut vingt minutes pour y descendre, vingt minutes pour en remonter, un quart d'heure pour y faire les achats nécessaires. Eh bien! il y a trois heures que mam'zelle Mignonne est partie.

— Diable!...

— Et bien que les chemins soient sûrs en Morvan, que les paysans les plus brutaux aient pour Mignonne un profond respect, et que Jupiter soit avec elle, nous ne laissons pas que d'être inquiets, mon frère Joseph et moi.

— Bah!... répondit Gaston, qui devinait instinctivement la cause du retard de Mignonne, puisque les chemins sont sûrs, et qu'elle a pour compagnon maître Jupiter, un animal charmant, mais féroce, et qui voulait me dévorer hier, il n'y a pas à se faire un brin de mauvais sang. Est-ce que cela lui arrive quelquefois de s'attarder ainsi?

— Oh! mon Dieu! oui, dit l'oncle Antoine. Cette petite est rêveuse comme une femme qui fait des livres, comme devait l'être mademoiselle de Scudéri, par exemple; quand la nuit est tiède et le vent doux, ainsi que disent les poètes, ajouta le digne chevalier de Vieux-Loup, qui n'était nullement fâché de trouver l'occasion d'exhiber ses connaissances littéraires, mamz'elle s'en va par les bois et les champs rêver au clair de lune et causer avec les marguerites. Mais nous sommes en automne, les marguerites sont parties et la lune est absente.

— J'allais vous le faire observer, mon cher et digne oncle.

— Ce qui fait que nous trouvons que Mignonne s'attarde fort.

— Je suis un peu de votre avis.

— Et mon frère Joseph songeait tantôt à aller à sa rencontre.

— C'est parfaitement inutile.

— Pourquoi?

— Parce que, puisqu'elle ne court aucun danger, c'est se fatiguer sans aucun motif d'abord, et ensuite la chagriner en pure perte.

— Vous croyez?

— Dame! elle court sur ses seize ans. A cet âge, les petites filles veulent être à tout prix des femmes raisonnables, et elles n'aiment pas qu'on les traite en enfants.

— C'est juste, mon neveu.

Pendant ce colloque, Gaston était arrivé auprès du petit vieillard tout rond; en ce moment, l'oncle Joseph apparut à son tour. Il avait entendu un bruit confus de voix, et il était accouru, espérant que c'était Mignonne.

— Est-ce toi, petite sotte? demanda-t-il.

— Non, répondit l'oncle Antoine, c'est notre neveu Gaston.

— Ah! fit l'oncle Joseph, non moins désappointé que son frère Antoine tout à l'heure. Bonjour, mon neveu.

— Bonsoir, mon oncle.

— Cette follette nous fait damner, gronda le baron de Vieux-Loup avec humeur.

— J'en perds la tête trois jours sur quatre, répéta le chevalier faisant chorus.

— Je vous promets, mon frère, que, cette fois, je ne le lui passerai point.

— Ni moi, mon frère.

— Et je la tancerai vertement.

— Je la fouetterai, moi.

— Tout beau, mes oncles, fit Gaston en riant, et moi, quel sera mon rôle?

Les deux vieillards regardèrent Gaston et parurent étourdis de sa question.

— Dame! reprit Gaston, moi qui dois être son mari.

— Ah! fit l'oncle Joseph, c'est juste.

— Moi qu'elle aime, continua imperturbablement le jeune homme.

— Oh! oh! répétèrent en chœur les deux gentilshommes.

— Mais oui, fit Gaston avec fatuité et s'appliquant à distraire l'inquiétude de ces excellents vieillards; je lui ai tourné, hier soir, la tête en une heure.

— En vérité!

— Déjà! s'écrièrent en même temps le baron et le chevalier.

— Ah! fit Gaston se rengorgeant, c'est que je n'y vais pas de main morte.

Et comme il trouvait que rien ne l'obligeait à continuer en plein air une conversation aussi intéressante, Gaston entra résolûment dans le couloir de la tour et se dirigea vers la cuisine. Ce qui fit que ses oncles le suivirent.

— Je vous renouvelle ma question, reprit Gaston en s'asseyant sans façon dans le grand fauteuil de cuir de Cordoue où trônait d'ordinaire l'oncle Joseph.

— Quelle question, mon neveu? demanda l'oncle Antoine.

— Que dirai-je à Mignonne, moi qui dois être son mari?

— Eh bien! vous la gronderez comme nous, parbleu!

— Non pas, mon cher oncle ; je m'en garderai, au contraire.

— Et pourquoi, s'il vous plaît, monsieur mon neveu ?

— Parce que gronder sa femme avant le mariage, c'est lui faire pressentir une autorité que les femmes ne consentent à subir qu'à la condition de ne s'en point douter.

— Ah ! ah !...

— Et mieux encore, mes excellents oncles, si vous la grondez...

— Certainement, nous la gronderons, et d'importance.

— J'aurai la douleur de vous contredire.

— Hein ?

— Et de prendre son parti.

— Par exemple !

— Dame ! un mari...

— Mais...

— Il n'y a pas de *mais*, continua Gaston avec un calme du dernier comique ; on ne prend les femmes que par la douceur. Au lieu de la gronder, je lui mettrai un baiser sur chacun de ses yeux bleus, et je lui dirai : Mignonne, ma chère petite femme, vous avez certainement fort bien fait de vous promener un peu tard aujourd'hui, car la nuit est superbe et le vent tiède ; mais cependant, une autre fois, je vous accompagnerai, d'abord parce que, lorsqu'on s'aime, on rêve beaucoup mieux à deux, ensuite parce que nos bons oncles ont pour vous une de ces tendresses aveugles qui leur fait voir partout des périls imaginaires...

M. le baron et M. le chevalier de Vieux-Loup se regardèrent avec une surprise mêlée d'admiration.

— Quel enjôleur ! murmura l'oncle Joseph.

— Ainsi Malek-Adel en contait à Mathilde, déclama pompeusement le châtelain lettré de la Châtaigneraie.

— Donc, mes chers oncles, reprit Gaston, cessez de vous tourmenter, et causons en attendant Mignonne.

— Oui, causons, répondirent-ils tous deux avec distraction.

— J'ai bien des choses à vous apprendre.

— Ah !

— Il y a eu du nouveau aujourd'hui, à la chasse.

Les deux gentilshommes, une fois encore, oublièrent Mignonne et dressèrent l'oreille.

— Les sangliers sont bien féroces en Morvan, poursuivit Gaston.

— Plaît-il ?

— Surtout les femelles qui ont des marcassins.

— Tudieu ! s'écria l'oncle Antoine, aurions-nous eu du bonheur, monsieur mon neveu ?

— Et les coups de boutoir ont porté, continua Gaston, qui ménageait habilement ses effets.

— Cornes de cerf ! exclama à son tour l'oncle Joseph, est-ce que mademoiselle Dragonne ?...

Et la voix du digne gentilhomme exprimait l'anxiété.

Les honnêtes châtelains de la Châtaigneraie étaient féroces, le soir, à l'endroit de leurs voisins de Lancy.

— Mam'zelle Dragonne a eu du malheur.

— Morte ! fit l'oncle Antoine avec quelque hésitation.

— Non, pas tout à fait.

— Tant pis ! murmura l'oncle Joseph, dont le cœur ému démentait légèrement cette parole remplie de férocité.

— Mais blessée... acheva Gaston.

— Ah ! ah ! ricana l'oncle Antoine.

— Blessée au bras ou à la jambe ?

— Au bras.

— Tant mieux ! elle ne frappera plus aussi fort.

— Et elle ne lancera plus les pierres aussi lestement.

— Oui, dit Gaston en riant, mais c'est au bras gauche.

Le front des deux braves gentilshommes se rembrunit quelque peu. Gaston continua à rire et conta ses aventures du matin.

Les deux frères écoutaient avec une attention chaudement soutenue qui nuisait singulièrement à leur ancienne affection pour Mignonne.

Notre héros qui, dans l'intérêt de sa jolie cousine, tenait essentiellement à gagner du temps, narrait avec lenteur, ménageant habilement les péripéties, et lorsqu'il en fut à cette phase dramatique où lui, Gaston, s'était rué sur la laie qui allait éventrer mademoiselle de Lancy, il s'arrêta et fit une pause.

— Eh bien ? demanda l'oncle Joseph.

— J'espère, monsieur mon neveu, dit à son tour l'oncle Antoine, que vous êtes demeuré tranquille ?

— Moi ?

— Sans doute, dit l'oncle Joseph.

— Le pouvais-je ?

— Corbleu ! monsieur, qu'aviez-vous à faire ?

— Mais à porter secours à Dragonne.

— Cornes de cerf ! où donc avez-vous vu que les Vieux-Loup se faisaient les champions des Lancy ? grommela à son tour le digne chevalier ; vous moquez-vous, monsieur ?

— Pardon, mon oncle, Dragonne est une femme.

— Un démon ! exclama le baron, à qui, ce soir-là, les coups de pierre revenaient singulièrement en mémoire.

— Et je me suis souvenu, ajouta Gaston froidement, que je m'appelais Vieux-Loup.

— Vous l'avez oublié, au contraire.

— Et qu'un Vieux-Loup était de trop bonne race de gentilshommes pour laisser périr une femme, fût-ce celle du diable, sous la dent d'une bête immonde, acheva Gaston.

Ces mots produisirent une réaction magique sur les dignes châtelains.

— Vous avez bien fait, monsieur mon neveu ! s'écria l'oncle Joseph.

— Le preux Malek-Adel n'eût pas fait mieux, ajouta l'oncle Antoine.

Gaston se mit à rire.

— C'est égal, murmura le baron, si cette petite eût pu se faire broyer le bras droit au lieu du bras gauche.

— Et si seulement elle s'était donné une entorse, continua le chevalier.

— Allons donc! mes chers oncles, fit Gaston, vous rêvez de bien pauvres vengeances!

— Dame!

— Et c'est vouloir habiller un roi de toile écrue et de bouracan, que souhaiter une entorse à son ennemi mortel.

— Le siècle est si prosaïque et l'âge des chevaliers si loin! grommela piteusement l'oncle Antoine, dans la mémoire de qui se déroulait en ce moment la merveilleuse histoire des douze preux de la Table ronde.

— Songez donc, mes dignes oncles, que la vengeance que nous tirerons bientôt des Lancy sera éclatante.

— Ah! firent les honnêtes châtelains avec une joie cruelle.

— Dragonne m'aime...

— En vérité!

— Je l'ai sauvée, c'est tout simple. Et dans huit jours...

— Dans huit jours!...

Elle me l'avouera avec des paroles comme déjà ses yeux me l'ont dit ce soir.

— Alors pourquoi ne pas brusquer?...

— Ta, ta, ta! le scandale ne serait pas assez grand.

— Ce garçon-là, murmura l'oncle Antoine avec admiration, est un Vieux-Loup de la bonne roche; il sait comment on traite les Lancy.

— Oh! oui, répondit l'oncle Joseph enthousiasmé.

II

Près d'une heure s'était écoulée depuis l'arrivée de Gaston et il avait dépensé toute sa science et déployé les meilleurs subterfuges pour distraire les excellents vieillards et donner à Mignonne le temps d'arriver.

Pourtant Mignonne n'arrivait pas, et le coucou placé dans un angle de la cuisine s'agita tout à coup dans sa cage de chêne noirci et sonna onze heures.

Les deux frères tressaillirent et se levèrent vivement.

— Décidément, s'écria le baron, il est arrivé quelque chose à Mignonne.

— Fi! la vilaine idée.

— Non, non, dit à son tour l'oncle Antoine, c'est inouï!

— Je vais à sa rencontre, poursuivit le baron; je n'y tiens plus.

— Vous allez voir, répondit Gaston, qu'elle est assise quelque part à cent pas du château.

— N'importe, dit l'oncle Antoine, il faut y aller.

— En ce cas, fit Gaston à bout d'arguments, je vous accompagne.

L'oncle Joseph sauta sur son fusil; Gaston frissonna involontairement.

— A quoi diable voulez-vous, dit-il, que vous servent des armes?

— On ne sait pas, murmura l'oncle Joseph; j'ai des pressentiments.

Et il s'élança hors de la tour, laissant son frère Antoine garder le manoir.

Gaston le suivit au pas de course et le rejoignit dans la cour.

Une subite exaltation s'était emparée du baron; il armait son fusil, il prononçait des mots étouffés.

— Mais, mon oncle, voulut dire Gaston, ne prétendiez-vous point tout à l'heure que les chemins étaient sûrs?

— Oui, mais...

— Que tout le monde aimait Mignonne?

— C'est possible, mais...

— Pourquoi cette fureur instantanée?

— Oh! murmurait l'oncle Joseph avec rage et sans prendre garde aux observations rassurantes de son neveu, il y a du Lancy là-dessous...

— Comment cela se pourrait-il être? Dragonne est blessée et au lit.

— Comment! comment! exclama le vieillard, mais son frère... ce drôle. . Ah! si je le trouvais avec Mignonne...

Et l'oncle Joseph se prit à courir plus fort.

— Mon oncle, répétait Gaston, qui avait peine à le suivre, vous êtes fou.

— Il la suit et l'épie partout... on me l'a dit... continua l'oncle Joseph avec une fureur croissante.

Gaston tremblait, tant il redoutait que l'oncle Joseph ne surprît les deux jeunes gens; mais, désormais, il était impuissant à prévenir une catastrophe, et tout ce qu'il pouvait faire était de suivre le vieillard, qui galopait, à travers les broussailles, dans la direction de la Châtaigneraie.

La nuit était obscure, Gaston bronchait à chaque instant, et de temps à autre l'oncle Joseph, dont le pied montagnard était sûr, prenait sur lui une avance de quelques pas.

En vain Gaston prêtait-il l'oreille, écoutant avec anxiété si dans le silence de la nuit il ne finirait point par distinguer le pas léger de Mignonne; aucun son n'arrivait à son oreille, si ce n'est celui de la course précipitée de l'oncle.

Tout à coup, celui-ci s'arrêta derrière une haie; il venait d'apercevoir dans une prairie voisine une ombre plus noire que les ténèbres assise au pied d'un arbre, et, à dix pas, une autre ombre qui s'enfuyait; car, sans doute, elle avait entendu le bruit de sa course.

L'oncle Joseph hésita une seconde, et puis tout à coup il lui sembla que l'ombre immobile sanglotait, et alors il n'hésita plus et il épaula pour ajuster l'ombre qui fuyait.

Faisons un pas en arrière.

Ce même jour, vers sept heures du soir environ, l'oncle Antoine et l'oncle Joseph quittaient la table sur laquelle ils avaient soupé, et le premier reprenait possession de son fauteuil en cuir de Cordoue, tandis que l'autre se casait modestement, ainsi qu'il convient à un cadet, sur un escabeau de chêne grossier, placé, comme le fauteuil, sous le manteau de l'âtre, et par conséquent un peu au-dessus des autres siéges qu'occupaient les pâtres et les laboureurs de la Châtaigneraie, le soir, à la veillée, avant huit heures, bien entendu, car lorsque huit heures sonnaient, les dignes châtelains renvoyaient tout le monde, ainsi que Dragonne l'avait dit à Gaston, et s'enfermaient prudemment, prétendant que si, en Morvan, les chemins étaient sûrs, il pouvait se faire cependant qu'un gars, trop timide pour arrêter sur la grande route, se laissât tenter par l'espoir d'enfoncer le coffre-fort où grossissaient petit à petit les épargnes du domaine de la Châtaigneraie.

L'oncle Antoine était le conteur ordinaire de la veillée; ses valets l'écoutaient avec la respectueuse attention de l'ignorance pour l'érudition; son frère Joseph haussait parfois les épaules avec humeur, mais le plus souvent il grommelait entre ses dents :

— Ce gaillard-là est bien heureux de savoir tant de jolies choses et d'avoir été convenablement éduqué. Il est vrai, ajoutait-il en aparté, que si je ne sais pas lire, c'est un peu ma faute, car nous allions tous les deux à l'école chez notre oncle le prieur; mais je n'avais pas trop le goût de l'étude, et tandis qu'il épelait laborieusement son abécédaire, je dénichais des pies dans le jardin et contais fleurette à la servante du prieuré, une grosse fille rougeaude qui passait la quarantaine. Pouah!

L'oncle Antoine avait donc modestement regagné son escabeau placé vis-à-vis de l'orgueilleux fauteuil de son aîné, et il commençait déjà une histoire empruntée à un livre de la célèbre madame Cottin, *Élisabeth*, lorsque Mignonne l'interrompit irrévérencieusement :

— Cher petit oncle, dit-elle de son ton le plus mignard, je dois vous faire observer que c'est aujourd'hui vendredi.

— Jour d'abstinence, répondit l'oncle Antoine.

— Et l'avant-veille du dimanche, petit oncle.

— C'est-à-dire, petite, que tu veux aller au village?

— Il le faut bien, cher petit oncle; car si je ne préviens André, le boucher, qui, vous le savez, tue le samedi seulement, nous n'aurons point notre gigot du dimanche.

— Bon! bon!... grommela l'oncle Joseph, si ce n'est que cela, ma Mignonne, tu peux t'éviter la course. Jean, le sarcleur, qui demeure au village, entrera chez André en s'en allant. C'est précisément son chemin.

— Jean est un nigaud qui fait les commissions de travers, répondit Mignonne; n'est-ce pas, Jean?

Et la petite rusée envoya un joli sourire au paysan, pour le dédommager de l'épithète.

— C'est, ma foi, bien possible, notre demoiselle, répondit Jean évidemment flatté du sourire.

— C'est-à-dire, mon cher ange, reprit l'oncle Joseph, que tu veux absolument aller au village. D'abord, il y a trois jours que tu n'y es allée, et tu éprouves le besoin de jaser un peu avec Marianne, la servante du curé, et Madelinette, la couturière, à laquelle tu iras commander un beau bonnet pour dimanche qui vient.

— Dame! fit ingénûment Mignonne.

— Et puis, reprit l'oncle Joseph d'un ton boudeur, tu nous reviendras à dix heures, par la nuit la plus noire du mois, par la pluie, peut-être...

— Il ne pleuvra pas.

— C'est ce que nous saurons demain.

— Eh bien! dit gentiment Mignonne, puisque vous ne le saurez que demain, vous ne pouvez pas, raisonnablement, m'empêcher d'aller ce soir... Car s'il ne pleut pas...

— J'aurai commis une grave injustice, n'est-ce pas?

— Non, mais vous n'aurez point de gigot.

Le sérieux de l'oncle Joseph et la mauvaise humeur de l'oncle Antoine, contrarié d'avoir été interrompu au commencement de son récit, ne purent tenir contre cette réponse de Mignonne; ils se prirent à rire tous les deux, et l'oncle Joseph lui dit :

— Allons, va, puisque tu fais toujours à ta tête.

— C'est que ma tête est bonne apparemment, petit oncle.

— Ou plutôt, grommela l'oncle Joseph, c'est que la nôtre est faible.

Mignonne sauta légèrement sur l'estrade du foyer et mit un bon gros baiser bien ronflant sur les joues rebondies du narrateur habituel de la Châtaigneraie; puis, comme la chose était plus difficile sur la face osseuse et parcheminée de M. le baron de Vieux-Loup, elle lui tendit mignardement son front.

— Jean, dit alors ce dernier, tu vas accompagner mademoiselle.

— Oui, monsieur le baron.

— Petite, prends garde au loup-garou, ajouta l'oncle Antoine.

— Bah! répondit Mignonne, le loup-garou n'est point par les chemins à cette heure.

— Et où est-il, mam'zelle?

— Dans le trou de la cheminée, mon oncle.

— Et pourquoi, petite?

— Pour écouter vos histoires, répliqua Mignonne.

Et elle s'esquiva, monta à sa chambre, en redescendit peu après avec un châle et un charmant bonnet à rubans roses.

— Partons, dit-elle à Jean.

— Petite, murmura l'oncle Antoine, essayant de retenir encore Mignonne, tu ferais mieux de rester, mon histoire de ce soir est bien belle.

— Alors, contez-la vite; le loup-garou l'écoutera, et il y prendra un plaisir si grand qu'il oubliera que votre Mignonne est sur le chemin du village.

— Cette pécore, grommela l'oncle Joseph riant aux larmes, obtient toujours ce qu'elle veut de notre faiblesse. Allons, va, petite, et reviens de bonne heure.

— Tâche surtout de ne pas trop rêver au clair de la lune, dit à son tour l'oncle Antoine.

— Ce serait difficile, il fait noir.

Et Mignonne poussa un frais éclat de rire et s'en alla escortée par Jean, qui mit entre elle et lui une distance respectueuse.

Mignonne descendit au village d'un pied léger et chantant un joli refrain morvandiau que Jean écoutait avec ravissement en murmurant à part lui :

— J'aime bien mieux entendre chanter mam'-zelle Mignonne qu'écouter les histoires de M. le chevalier, auxquelles je ne comprends absolument rien.

Arrivée au village, Mignonne congédia Jean et entra chez André, le boucher, auquel elle fit ses commandes. Puis elle parut au presbytère, y causa une demi-heure au plus, se rendit ensuite chez la couturière de la Châtaigneraie, et enfin, vers neuf heures, elle reprit le chemin du manoir.

III

A gauche de ce chemin, il y avait une petite prairie bordée de saules et d'aulnes, clôturée en outre par une haie vive ; et, par les tièdes soirées et les nuits obscures, c'était plaisir de s'y asseoir à deux, les mains dans les mains, et d'y chuchoter tout bas ce doux et moelleux langage de l'amour qui est le même par tous pays.

Ce fut là que Mignonne s'arrêta.

Elle s'assit au pied d'un saule et se prit à rêver. Mais elle ne rêvait qu'à demi, la chère et naïve enfant; elle n'écoutait qu'avec distraction le murmure plaintif de la brise disant des peines secrètes au feuillage des arbres; elle ne prêtait l'oreille qu'à demi au cri monotone du grillon...

Ce qui occupait Mignonne tout entière, le bruit qu'elle attendait pour tressaillir, c'était celui des pas d'Albert : le point qui, dans la nuit, absorbait son attention et ses regards, c'était un petit sentier qui courait blanchâtre et tortueux à travers la vallée et venait du manoir de la Fauconnière.

C'était par là qu'Albert devait arriver, et ce-

pendant Mignonne attendit longtemps, très-longtemps...

Mais elle se répéta toutes les jolies choses qu'il lui avait dites lors de leur dernière entrevue, et Mignonne prit tant de plaisir à ces doux souvenirs, qu'elle attendit avec patience.

Enfin, elle crut entendre un léger bruit, et elle prêta l'oreille attentivement.

Ce bruit grandit en s'approchant; puis Mignonne aperçut un point noir se mouvant au loin sur la traînée blanche du sentier.

Ce point approcha, approcha, grandit peu à peu, grandit encore...

Et alors Mignonne se leva, et à son tour s'avança vers le point noir comme il s'avançait lui-même vers elle, et bientôt elle dit tout bas :

— Albert, est-ce vous?

— Oui, répondit Albert.

Et les deux amants se pressèrent vivement les mains, et Mignonne tendit son front au jeune homme qui y mit un chaste baiser.

— Chère Mignonne, murmura Albert de sa voix douce et triste, je vous ai fait attendre aujourd'hui, mais ce n'est point ma faute, je vous jure.

— Ah! fit Mignonne d'un ton boudeur, voyons votre excuse, monsieur?

— Ma sœur est malade, répondit Albert.

Vraiment! demanda Mignonne avec compassion.

— Elle a été blessée à la chasse par un sanglier.

— Mon Dieu! murmura la jeune fille tremblante, et se souvenant que, dans la journée, elle avait entendu ses oncles se frotter les mains et parler de laie et de marcassins; mon Dieu! peut-être est-elle dangereusement blessée...

— Non, répondit Albert, c'est une égratignure, mais qui, cependant, a déterminé la fièvre vers le soir, et je la quitte à présent seulement. Mais elle a failli périr...

Et Albert raconta à Mignonne ce qui s'était passé, et comment, grâce à Gaston, Dragonne avait échappé à ce terrible danger.

Mignonne l'écoutait avec joie; elle comprenait instinctivement que ce pas que Gaston venait de faire dans l'affection de la famille de Lancy lui serait certainement favorable à elle-même, et qu'il se pourrait fort bien faire que la vieille rancune des Lancy et des Vieux-Loup finît par s'en aller au souffle de ce double amour.

Cependant elle se souvint des recommandations de Gaston, et comme les femmes, si naïves qu'elles puissent être, savent toujours dissimuler parfaitement leurs impressions, elle fit à Albert mille questions sur son cousin, et voulut savoir quel était son genre de vie au manoir de la Fauconnière.

Albert lui répondait avec distraction, et à mesure qu'il parlait, sa tristesse augmentait, tandis que Mignonne continuait à caqueter comme une folle et riait parfois de tout son cœur.

— Mignonne, dit-il enfin, venez vous asseoir là, au pied de notre saule aimé ; il faut que nous causions longuement.

— Ah! longuement, non, dit Mignonne, car il y a déjà plus d'une heure que je vous attends, et je serai sûrement grondée en rentrant aussi tard.

— Je serai bref, répondit Albert, mais j'ai à vous parler sérieusement, chère Mignonne; notre avenir tout entier dépend peut-être de cet entretien.

Mignonne le suivit, étonnée, vers le saule au pied duquel ils s'assirent, sans pressentir que la balle de l'oncle Joseph les y pouvait venir chercher.

— Mon Dieu! dit Mignonne, comme vous êtes triste et solennel ce soir!... Albert, que vous est-il donc arrivé?

— Rien, Mignonne; mais j'ai beaucoup réfléchi

— Ah!

— Beaucoup, continua Albert, depuis notre dernier rendez-vous, et j'ai essayé d'envisager avec calme notre situation.

— Moi aussi, dit Mignonne.

— Chère Mignonne! vous savez combien je vous aime...

— Et moi, ne vous aimé-je donc pas, Albert?

— Je le sais, Mignonne; aussi est-ce pour cela...

Albert s'arrêta.

— Mon Dieu! fit Mignonne avec impatience, qu'est-ce encore?

— Vous savez la haine de nos deux familles?

— Hélas! soupira l'enfant.

— Et quel abîme nous sépare?

— Nous le comblerons de notre amour.

— Chère enfant! reprit Albert hochant la tête, ne l'espérez pas.

— Et pourquoi cela, monsieur? demanda la jeune fille avec assurance.

Elle se souvenait des vagues promesses de Gaston et elle avait foi en lui.

— Pourquoi, Mignonne? mais parce que vos oncles et mon père sont inflexibles, Mignonne.

— Peut-être.

— Enfant!

— Nous irons nous jeter à leurs genoux.

— Ils nous repousseront.

— Nous supplierons.

— Peine perdue!

— Ah! vous ne savez pas, Albert, combien mes oncles m'aiment.

— Je le sais; mais admettons un instant que leur tendresse soit assez forte pour dominer leur haine et qu'ils consentent à notre union.

— Eh bien! fit Mignonne avec joie, alors ceci va tout seul.

— Non, Mignonne, vous vous trompez encore... Si vos oncles se laissaient fléchir, mon père n'en serait pas moins inexorable.

— Il ne vous aime donc pas, votre père?

— Il me préfère ma sœur.

— Ceci est assez naturel; mais cependant il vous aime.

— Je le crois.

— Et votre mère a un faible pour vous.

— Ma mère est une sainte et noble femme, qui ne sait que se résigner et prier. Elle obéit toujours à mon père.

— Eh bien, je le fléchirai, moi, votre père... J'irai me mettre à ses genoux, je serai bien éloquente et bien douce, bien persuasive, bien humble; je lui demanderai pardon de tous les torts de nos aïeux... Une femme qui demande pardon, mais c'est à attendrir un roc.

— Vous oubliez, Mignonne, que votre oncle a tué le mien!

— C'est vrai, murmura Mignonne en baissant la tête et songeant soudain que Gaston n'avait peut-être point prévu cette barrière infranchissable.

— Aussi, reprit Albert, plus je songe à notre amour, et plus je comprends qu'il est insensé et que notre union est impossible.

Mignonne soupira et pressa vivement les mains d'Albert.

— Pourtant, continua-t-il avec émotion, je t'aime, chère Mignonne! je t'aime avec passion et délire, et je mourrai de mon amour si cet amour demeure stérile.

— Taisez-vous! s'écria la jeune fille en lui plaçant sa jolie main blanche sur la bouche, ne dites point de ces vilaines choses, mon Albert.

— Écoute, répondit-il, écoute-moi, Mignonne!... écoute-moi sans m'interrompre.

— Je vous écoute, dit-elle.

— Crois-tu qu'il est nécessaire pour être heureux et lorsqu'on s'aime, de vivre là où on est né?

Mignonne enlaça Albert de ses bras.

— Non, dit-elle, le premier coin venu du monde ne sera jamais assez grand pour enfermer notre amour.

— Eh bien! alors, fuyons, quittons le Morvan, toi la Châtaigneraie, moi la Fauconnière!... partons! allons aussi loin que nous trouverons un chemin pour y marcher, un rayon de soleil pour éclairer notre route, l'ombre d'un arbre pour nous abriter des rayons ardents du Midi. Nous irons où tu voudras, au nord ou au sud, en Allemagne ou en Italie, que m'importe! Je suis jeune et je t'aime, je serai fort! je travaillerai pour toi, ton sourire bénira mon labeur; nous trouverons bien en un lieu quelconque de la terre, pourvu que ce soit loin d'ici, un vieux prêtre qui pratique l'Évangile et sait que Dieu ordonne de pardonner. Nous lui dirons notre histoire, la haine impie de nos pères, et puis notre amour... et il nous unira, Mignonne; il comprendra que c'est noble et bien, à nous qui devrions nous haïr, de nous aimer et de nous appuyer l'un sur l'autre...

— Mon Dieu! interrompit vivement Mignonne, mais vous me proposez de m'enlever, Albert?

— Oui, Mignonne, car c'est la seule issue raisonnable à cet amour que réprouvent nos deux races.

Silence! Écoutez-moi! (Page 43.)

— Savez-vous, Albert, que ce serait un crime cela?

— Un crime! Mignonne, pourquoi un crime?

— Parce que nous désobéirions à nos deux familles.

— Mais vous savez bien, Mignonne, que leur désobéir est le seul moyen de vaincre leur obstination.

— Peut-être...

— Oh! n'essayez point de me faire partager une espérance que vous n'avez pas vous-même, chère Mignonne. Non, vous le savez bien, le sang de mon oncle fumera toujours assez pour que mon père...

— Eh bien! répondit Mignonne, nous irons trouver mes oncles; ils feront des excuses, s'il le faut!

— Excuses stériles!

— Mon Dieu! murmura la jeune fille ébranlée, c'est affreux ce que vous me proposez là?

— Non, et puis nous nous aimerons tant, ma Mignonne bien-aimée, que Dieu nous pardonnera.

Mignonne soupira et se tut.

— Écoutez, reprit Albert, j'ai quelque argent; à peu près quatre mille francs. Je suis majeur, je puis en disposer. Ils sont placés à Nevers chez un banquier; il m'est facultatif de les tirer du jour au lendemain. Cet argent nous fera vivre une année ou deux; pendant ce temps, je travaillerai, j'essaierai d'embrasser une profession honorable et lucrative, puisque je renoncerai à ma part de fortune en quittant le toit paternel.

— Oh! dit Mignonne, je ne redoute pas la pauvreté.

— Mais je ne veux pas que tu sois pauvre, ma Mignonne adorée! fit Albert avec exaltation; je ne veux point que jamais tu t'imposes une privation! que tu sois obligée de refouler un désir, une simple fantaisie... un caprice... J'ai une instruction solide, j'ai terminé mes études; il me sera facile de me caser convenablement et de te rendre heureuse ainsi.

— Cher Albert! murmura Mignonne avec tendresse.

— Nous irons à Paris, poursuivit Albert, à Paris, la ville où l'on dérobe si bien les joies ou les douleurs de l'âme à tous les yeux; à Paris, cette terre de l'indifférence où nul ne sonde votre cœur d'un œil indiscret. On voyage aisément, à présent; en une seule nuit, nous pouvons être à Nevers, et le lendemain soir à Paris. Il me sera facile de me procurer un passe-port; je te donnerai comme ma sœur.

— Non, non, dit résolûment Mignonne, cela ne se peut.

Albert se leva avec vivacité.

— Mignonne, dit-il, vous ne m'aimez pas, je le sens...

— Ah! fit Mignonne éprouvant une émotion subite, vous dites que je ne vous aime pas, ingrat!...

Mignonne poussa un cri; elle enlaça de nouveau Albert.

— Soit, murmura-t-elle en pleurant, je partirai, je te suivrai... je ferai ce que tu voudras...

— Alors, dit Albert, il faut partir demain.

— Demain? fit Mignonne épouvantée.

— Oui, répondit Albert.

— Non! s'écria-t-elle, pas demain... attendons...

— A quoi bon?

Mignonne se souvint alors des promesses de Gaston; elle espéra en lui une fois encore, et c'est pour cela qu'elle répondit : Attendons!

— Attendons après-demain, dit-elle.

— Soit, murmura Albert.

Mais tout à coup Mignonne fondit en larmes; elle venait de revoir en rêve toute son enfance, son enfance joyeuse et mutine, choyée, caressée par ces deux vieillards attentifs et aimants, qui se disputaient le bonheur de la prendre sur leurs genoux, de la porter sur leurs épaules, de se lever la nuit, sur la pointe du pied, pour s'assurer qu'elle dormait paisiblement dans son berceau; elle crut entendre bruire à son oreille les mots charmants qu'ils lui prodiguaient à l'envi, et ces doux reproches que parfois ils hasardaient, les larmes aux yeux, lorsqu'elle rentrait tard et les avait mis en peine...

Il lui sembla voir l'intérieur du manoir après sa fuite : l'oncle Joseph morne et sombre dans son fauteuil, essuyant une grosse larme sur sa joue parcheminée, l'oncle Antoine ayant perdu sa gaieté et sa verve de conteur, et parfois se prenant à sangloter. Et puis les valets de ferme, les serviteurs, natures grossières et cœurs d'or, qui soupiraient, consternés, durant les longues veillées, en murmurant .

— Pauvre chère demoiselle! pourquoi donc nous a-t-elle quittés, nous qui l'aimions tant!

Et Mignonne éclata en sanglots et s'écria :

— Il me faudra donc quitter mes bons oncles!...

Ces mots, naïvement échappés à l'élan de son âme, rencontrèrent un poignant et sonore écho dans le cœur d'Albert.

Lui aussi, il revit le toit paternel après son départ... et sa mère pleurant et brisée, et son père se couvrant la face de ses deux mains comme pour cacher sa honte, et Dragonne, la belle, la vaillante Dragonne, le cœur d'acier et l'âme forte, qui poserait avec colère sa main sur l'épée des Lancy des temps héroïques et murmurerait avec colère : — Il n'y a donc que moi, moi qui suis femme, en les veines de qui coule encore une goutte de notre vieux sang?

— Mon Dieu! soupira le pauvre jeune homme, en aurai-je la force?

Ce fut alors que dans le sentier qui venait de la Châtaigneraie retentirent des pas précipités.

— Mes oncles! s'écria Mignonne, ils me cherchent... fuyez, Albert!

— A demain, répondit-il, demain à neuf heures... ici... il le faut!

Et il se prit à courir.

En ce moment, l'oncle Joseph arrivait à la haie qui le séparait de la prairie, et voyant fuir Albert, il épaula avec cette sûreté de coup d'œil et de sang-froid du moment extrême qui n'abandonnent jamais un vieux chasseur.

Gaston avait eu grand'peine à suivre M. le baron de Vieux-Loup, qui courait avec une vélocité toute juvénile, et celui-ci, arrivé avant lui à la haie, après avoir assuré son pied et repris son aplomb, suivait, le fusil à l'épaule et l'œil incliné sur le point de mire, la course d'Albert.

Déjà l'oncle Joseph avait le doigt sur la détente, et il allait la presser avec une sage lenteur, lorsqu'une main de fer l'étreignit et lui arracha l'instrument de mort.

Il se retourna pétrifié, et se trouva face à face avec Gaston, qui l'avait enfin rejoint.

— Silence! lui dit ce dernier à voix basse, pas un mot, pas un cri... ne bougez pas...

— Mais... balbutia l'oncle Joseph un peu dégrisé.

— Vous êtes gentilhomme, fit Gaston, et je vous l'ai rappelé à temps. On n'assassine pas un homme qui fuit, quand on se nomme Vieux-Loup.

— C'est Albert de Lancy...

— C'est possible.

— Et cette femme qui pleure là-bas, c'est Mignonne.

— Qu'en savez-vous?

— Oh! je le sens.

— Soit. Eh bien! qu'est-ce que cela prouve? demanda Gaston très-naïvement.

— Qu'ils s'aiment! murmura l'oncle Joseph avec rage.

— Ah! fit Gaston, en êtes vous sûr? Alors, pourquoi me faire venir, moi?

Cette question eût embarrassé l'oncle Antoine lui-même, qui était cependant un lettré et connaissait sur le bout du doigt toutes les combinaisons dramatiques mises en œuvre, dans ses livres, par la célèbre madame Cottin.

— De deux choses l'une, poursuivit Gaston, à qui le silence de son oncle donnait un avantage réel, de deux choses l'une, ou Albert de Lancy seulement aime Mignonne qui ne l'aime point, ou ils s'aiment tous les deux...

Dans le premier cas, et ce premier cas est ma manière de voir, voici ce qui a dû arriver: Maître Albert, qui sait que Mignonne va au village le vendredi, aura guetté son passage et lui aura conté fleurette. Il l'aura poursuivie, et Mignonne, qui est bonne et naïve, aura eu peur et se sera prise à pleurer, ce qui n'aura point empêché le drôle de continuer audacieusement sa cour. S'il en est ainsi, c'est fort heureux que je vous aie pris le bras à temps, vous eussiez eu la plus vilaine affaire du monde, et Mignonne était compromise par contre-coup.

— C'est juste, murmura l'oncle Joseph ; mais croyez-vous cependant qu'il en soit bien ainsi ?...

— Je le crois, dit Gaston ; mais admettons que Mignonne aime Albert, ce qui serait un affreux malheur, il est plus heureux encore que vous ayez laissé courir ce drôle.

— Comment cela ?

— Vous me demandez comment, mon cher oncle ? Mais réfléchissez qu'il est impossible, s'aimassent-ils dix fois plus, que Mignonne devienne jamais madame de Lancy.

— Oh ! fit le baron en serrant avec colère la poignée de son fusil, je la tuerais plutôt.

— Alors, s'il en est ainsi, le plus simple en cas pareil serait de guérir Mignonne de son amour en la mariant, et je m'y résignerais de grand cœur pour l'honneur de notre nom.

— Ah ! fit l'oncle Joseph qui respira.

— Mais vous sentez bien, mon cher oncle, que je ne le pourrais plus si vous aviez tué Albert, ce qui vous conduirait en cour d'assises, et vous forcerait à dire : J'ai tiré sur M. de Lancy, parce qu'il était l'amant de ma nièce. Est-ce clair, cela ?

— Oui, répondit M. de Vieux-Loup en serrant les deux mains de son neveu ; vous êtes un brave jeune homme.

— Or, maintenant, continua Gaston, nous ne savons pas encore la vérité, et cependant il faut la savoir.

— Il faudra bien qu'elle parle, morbleu !

— Bon ! encore de la colère, et pourquoi faire, mon Dieu ?

— Je vous trouve plaisant, monsieur mon neveu.

— Et vous bien emporté, monsieur mon oncle.

— Mais enfin...

— Chut ! fit Gaston, j'ai plus de sang-froid que vous, laissez-moi faire, ou plutôt écoutez-moi d'abord. Nous sommes trop loin de Mignonne pour qu'elle nous puisse entendre. Vous allez vous blottir là, dans la haie, et ne bougerez...

— Mais...

— Il ne faut pas que Mignonne sache que vous avez vu Albert, sans cela nous n'apprendrons rien ; c'est le bruit de mes pas qu'elle a entendu, et qui a fait fuir M. de Lancy ; vous la cherchez d'un côté, moi de l'autre ; nous sommes en peine, et ne nous rejoindrons qu'à la Châtaigneraie. Là, je vous dirai ce qu'il en est. Si Mignonne aime Albert, je vous l'abandonne ; si, au contraire, il n'en est rien, il est parfaitement inutile qu'elle apprenne que vous l'avez soupçonnée. Promettez-moi de ne lui parler de rien.

— Je vous le promets, mon neveu.

— Et de n'en souffler mot à mon oncle Antoine.

— Je vous le promets également.

— Alors, restez là, je vais rejoindre Mignonne.

L'oncle Joseph obéit à l'injonction de son neveu et s'assit, les jambes croisées, sur le tronc d'un arbre arraché à la haie, posa son fusil à terre et se dit :

— Ce garçon-là est fin comme l'ambre.

IV

En même temps Gaston enjambait la haie et criait :

— Mignonne ! Mignonne !

— Qui m'appelle ? répondit Mignonne, respirant en ne reconnaissant point la voix de ses oncles.

— Moi, Gaston, votre cousin.

Et il se dirigea vers elle.

— Chère Mignonne, dit-il, vous nous plongez en une anxiété indicible, là-haut, à la Châtaigneraie. Il est près de minuit, et nous vous cherchons partout.

Puis, en l'abordant, il lui dit tout bas :

— Silence ! écoutez-moi, et répondez-moi à voix basse, ou tout est perdu !

Mignonne comprit vaguement et essuya ses larmes. Alors Gaston lui offrit son bras et l'entraîna dans une direction opposée à la retraite provisoire de l'oncle Joseph, de façon que celui-ci ne pût surprendre un seul mot de l'entretien qu'il allait avoir avec sa jolie cousine.

Mignonne tremblait bien un peu, mais elle était surtout confuse d'avoir été surprise ainsi par Gaston, donnant un rendez-vous à Albert.

— Ma chère petite cousine, lui dit le jeune homme toujours à mi-voix, laissez-moi d'abord vous gronder...

— Ah ! fit Mignonne avec émotion.

— Vous gronder bien fort, étourdie, de votre légèreté. Savez-vous bien, ma jolie cousine, qu'il est près de minuit et que votre oncle Joseph, las de vous attendre, s'est mis à votre recherche ?

— Mon Dieu !

— Et que j'ai couru après lui ?...

— Vous ?

— Et malheureusement, je n'ai pu l'empêcher de vous surprendre.

Mignonne tressaillit.

— Que me dites-vous là ? murmura-t-elle.

— La vérité, chère cousine. Notre oncle Joseph était là tout à l'heure, à cent pas... il vous a vue.

— Ciel !

— Et M. Albert aussi.

— Je suis perdue ! murmura Mignonne avec terreur

— Pas encore, mais cela pourrait bien être si vous n'écoutez mes conseils.

— Mais enfin, demanda la jeune fille, que dois-je faire ?

— M'écouter d'abord attentivement et de vos deux oreilles.

— Je vous écoute.

— Et puis ne pas m'interrompre à chaque instant.

— Je ne vous interromprai pas, je vous le promets.

— Et enfin, m'obéir bien aveuglément et ne rien me cacher.

— Je vous le jure.

— Écoutez donc, Mignonne. Je suis arrivé à dix heures à la Châtaigneraie ; j'ai trouvé nos oncles en proie à une inquiétude facile à concevoir si l'on songe combien ils vous aiment.

— Ah ! je le sais, murmura Mignonne en soupirant.

— Ils ne tenaient pas en place et bâtissaient, pour les détruire après et les reconstruire encore, mille suppositions plus absurdes et plus fâcheuses les unes que les autres. J'ai bien deviné tout de suite où vous étiez.

— En vérité, fit Mignonne rougissant dans l'ombre.

— Et j'ai fait de mon mieux pour les rassurer ; mais l'heure marchait toujours et vous n'arriviez pas, ce qui fait qu'à bout de patience et rongé d'inquiétude, l'oncle Joseph a pris son fusil pour courir à votre recherche.

— Ciel !

— Je l'ai suivi. Il allait plus vite que moi. Cependant je l'ai atteint assez à temps...

— Que voulez-vous dire ? demanda la jeune fille avec effroi.

— Je veux dire, folle étourdie que vous êtes, qu'une seconde plus tard il arrivait, et par votre faute, un affreux malheur...

Mignonne poussa un cri étouffé.

— Notre oncle a failli tuer Albert. Heureusement, je lui ai arraché à temps son fusil des mains.

— Mon Dieu ! mon Dieu ! murmura Mignonne affolée et frissonnant à la pensée du péril terrible auquel venait d'échapper son amant.

— Fort heureusement encore, poursuivit Gaston, j'ai fait un conte à l'oncle Joseph, et il est tout disposé à le croire si vous ne vous trahissez pas.

— Que faut-il faire ?

— Affirmer ce que j'ai avancé, à savoir que M. de Lancy est venu vous attendre à la sortie du village et qu'il vous a poursuivie de ses galanteries jusqu'au pied de cet arbre où vous vous êtes assise pour vous reposer.

— Je le dirai, fit Mignonne avec soumission.

— Et insister surtout, si l'oncle Joseph vous questionne, sur ce que vous n'aimez pas du tout M. Albert de Lancy.

— Mais...

— Il n'y a pas de *mais ;* cela est indispensable.

— Soit, mon cousin.

— N'avez-vous plus confiance en moi, Mignonne ?

— Oh ! oui...

— Alors, laissez-moi m'occuper de votre bonheur. Je le ferai mieux que vous-même. Maintenant, ma jolie petite cousine, dites-moi bien la vérité... Pourquoi pleuriez-vous tout à l'heure ?

Mignonne tressaillit à cette question imprévue et en fut tellement surprise que, d'abord, elle ne répondit pas.

— Soyez sincère, vous me l'avez promis, pria Gaston.

— Eh bien ! dit-elle en hésitant, Albert me proposait quelque chose de bien mal...

— Ah !

— Il me disait que nous ne pouvions espérer que nos deux familles consentissent jamais à notre union.

Mignonne s'arrêta et hésita encore.

— Et puis ?

— Et il me disait que nous n'avions qu'une seule ressource.

— Laquelle ?

— De fuir... d'aller à Paris.

— C'est-à-dire qu'il vous proposait de vous enlever ?

— Oui, balbutia Mignonne, je me suis mise à pleurer, en songeant qu'il voulait que je quitte nos bons chers oncles.

Mignonne ne disait point la vérité tout entière ; mais aussi Mignonne était femme, et la parole fut donnée à ce sexe enchanteur pour lui permettre de dissimuler sa pensée.

— Vous aviez raison de pleurer, Mignonne, répondit Gaston avec gravité, car la plus grande faute que puisse commettre une femme est de fuir le toit qui abrita sa naissance et ceux qui élevèrent sa jeunesse. Je ne doute point de la pureté de votre amour, mon enfant, mais croyez bien que cette pureté serait ternie sur-le-champ si vous quittiez la maison de nos oncles pour suivre celui que vous aimez.

Gaston parlait le langage de l'honneur et du devoir.

Mignonne se pendit à son cou.

— Vous avez raison, lui dit-elle, mille fois raison, mon cousin, et j'aimerais mieux renoncer à tout jamais à Albert que commettre une action pareille.

— Bien, mon enfant, très-bien ! Et maintenant, ayez confiance en moi plus que jamais ; vous épouserez Albert, j'en ai le pressentiment. Rappelez-vous mes recommandations : si notre oncle vous questionne, répondez-lui que vous n'aimez pas M. de Lancy. Nous voici à la porte de la Châtaigneraie, entrez et courez rassurer l'oncle Antoine. Moi, je rejoins l'oncle Joseph, et nous vous suivons.

Les choses étaient allées au gré de Gaston. L'oncle Joseph, par un sentier détourné, arrivait au pont-levis au moment où Mignonne franchissait le seuil de la tour et allait se jeter dans les bras du chevalier de Vieux-Loup.

— Eh bien? fit-il avec anxiété, au moment où Gaston l'atteignit.

— Eh bien, mon cher oncle, j'avais raison.

— Raison?

— Sans doute, Mignonne n'aime pas Albert.

— En vérité?

— Rien de plus vrai. Ce drôle la poursuit sans cesse; elle ne sait comment s'en débarrasser.

— Cornes de cerf! exclama l'oncle Joseph avec colère.

— Mais elle sait aussi notre haine, et comme Mignonne est une bonne et douce enfant, comme pour rien au monde elle ne voudrait exposer ses bons vieux oncles à une querelle avec ce diable incarné de Dragonne, elle n'a jamais osé se plaindre des obsessions de maître Albert.

— Drôle! murmura l'oncle Joseph, j'irai dès demain lui couper les deux oreilles.

— Et bien vous ferez, mon cher oncle; cependant, il me paraît plus convenable que ce soit moi qui me charge de cette petite exécution.

— C'est assez juste cela, monsieur mon neveu, répondit l'oncle Joseph, qui se souvenait toujours, bien malgré lui, que Dragonne chargeait parfois son fusil avec du sel.

— Soyez tranquille. Maintenant, il y a un Vieux-Loup jeune et fort à la Châtaigneraie. Patience! les Lancy ne sont point encore au bout de leur misère, mon oncle.

— Vive Dieu! monsieur mon neveu, vous parlez bien.

— Je l'espère, mon oncle.

— Vous parlez, morbleu! comme un Vieux-Loup du bon temps jadis. Mais en attendant que les oreilles de maître Albert divorcent avec sa tête, rentrons, s'il vous plaît, et laissez-moi embrasser cette petite sotte de Mignonne que j'aime tant.

Gaston et le baron pénétrèrent dans la cuisine où le bon Antoine, installé dans le grand fauteuil, tenait sur ses genoux Mignonne, qu'il couvrait de caresses et grondait doucement.

— Petite sotte, disait M. le chevalier de Vieux-Loup, qui s'en va courir au clair de lune et s'exposer à se casser le cou vingt fois au lieu de rester tranquillement au coin du feu à écouter les belles histoires de son petit oncle, qui est un savant comme on n'en voit plus.

— Dites plutôt, monsieur mon cadet, répliqua sèchement l'oncle Joseph en entrant, dites plutôt que ce sont vos contes à dormir debout, et qui endorment bien réellement, qui font fuir cette petite pécore qui fait tourner la tête de son vieil oncle...

Et M. le baron de Vieux-Loup éprouva un accès de jalousie en voyant sa nièce sur les genoux du chevalier, son cadet, et il la prit dans ses bras et la lui enleva, lui mettant deux gros baisers sur les joues.

— Venez donc, dit-il à son tour, venez donc que je vous gronde, mam'zelle... et peut-être même vais-je vous mettre en pénitence comme une petite fille...

L'excellent homme pleurait de joie en exprimant cette menace.

— Braves gens! murmura Gaston, quels cœurs! il faudra pourtant que je les amène à aimer Dragonne presque autant que Mignonne...

Le lendemain, vers deux heures, Gaston fit demander à mademoiselle de Lancy si elle voulait le recevoir.

Dragonne était levée, mais elle n'avait point quitté son appartement.

Au moment où Gaston entra, elle était enveloppée dans cette robe de chambre cerise qui allait si bien à la blancheur de son cou et de ses mains. Ses cheveux étaient dénoués, son bras blessé caché sous sa robe.

Dragonne était pâle encore, mais sa pâleur n'avait rien de fiévreux; elle avait longuement dormi le matin, son bras ne lui occasionnait plus que des intermittences de douleur sourde qu'elle réprimait aussitôt par un sourire.

Elle avait voulu être seule et s'était placée au coin de la cheminée où flambait un grand feu, tout près de la fenêtre ouverte, par où montaient un souffle de brise et les tièdes parfums de l'automne.

De cette fenêtre, l'œil embrassait le côté sud de la vallée, c'est-à-dire la partie la plus pittoresque, les prairies longeant la rivière, les rideaux de saules encadrant les prairies, les petits villages aux toits de chaume et aux rustiques clochetons, et les grands bois de châtaigniers, et les tours grises en ruine penchées sur le vallon d'un air soucieux et triste, ainsi qu'il convient à la vieillesse autour de qui s'agitent et bouillonnent la joie, le mouvement, la sève printanière de la vie.

Ce jour-là le temps était magnifique. Les cimes des montagnes se dessinaient nettement sur le bleu du ciel, les arbres du parc conservaient encore une partie de leur feuillage, le vent était doux, rempli de senteurs mourantes et de vagues harmonies; le soleil tiède et brillant se jouait sur les tentures de la chambre après avoir réfléchi ses rayons sur les ardoises polies d'une tour convertie en colombier; les champs étaient silencieux, les tilleuls du parc, au contraire, remplis de murmures et du gazouillement de mille oiseaux qui venaient des grands bois le matin et s'ébattaient parfois sur le potager, où ils causaient grand dommage.

Cette belle journée, ces odeurs pénétrantes, ces concerts indécis s'emparaient des sens et de l'âme de Dragonne qui, l'œil noyé dans ce panorama charmant qu'on découvrait de sa fenêtre, rêvait et songeait comme songent et rêvent les femmes à l'heure où bruit doucement au plus profond de leur cœur ce refrain vague qui n'est parfois qu'un murmure, cette note tremblante et perlée qui est la première de ce chant jusque-là inconnu, ignoré, et qu'on nomme l'amour.

On eût eu peine à retrouver Dragonne la chasseresse et la pétulante jeune fille dont les valets de la Châtaigneraie éprouvaient si grand effroi, dans cette femme mélancolique qui feuilletait distraitement un livre qu'elle ne lisait pas, et qui tournait, sans le savoir, le premier feuillet du livre de son cœur.

Elle était couchée à demi sur une chaise longue, balançant avec insouciance sa mule de satin bleu au bout de son joli pied, et faisant une mantille à ses épaules de ses longs cheveux noirs capricieusement déroulés.

Ainsi posée, Diane de Lancy était belle à désespérer. Ce fut en ce moment que Gaston de Vieux-Loup entra. Diane leva à demi les yeux sur lui, rougit un peu et lui tendit la main :

— Mon Dieu! dit-elle, vous avez donc chassé ce matin?

— Non, mademoiselle.

— Vous venez bien tard... Savez-vous qu'il est deux heures?

— Je le sais.

— Je vous avais bien prié, cependant, de venir de bonne heure, monsieur ; mais qu'est la prière d'une chasseresse blessée pour un veneur alerte et dispos?

— Quel vilain reproche, et comme il est injuste! répondit Gaston. Je me suis présenté ce matin à neuf heures.

— Ah! bien vrai?

— Sur ma parole : vous dormiez, m'a-t-on dit.

Dragonne haussa les épaules avec un geste d'impatience.

— On aurait fort bien pu m'éveiller, murmura-t-elle.

— On a eu grandement raison de n'en rien faire, car vous avez eu la fièvre une partie de la nuit et presque au jour.

— Et vous êtes retourné au pavillon, je présume?

— Non, répondit Gaston, j'ai passé une partie de la matinée avec monsieur votre père.

— Et après?

— Après, comme vous dormiez toujours, je suis allé me promener, un livre à la main, dans la forêt qui s'étend presque sous vos fenêtres.

— Et quel livre lisiez-vous donc?

— Lamartine, ce poëte des affligés, ce consolateur de ceux qui souffrent.

— Ce que vous dites là est vrai, répondit Dragonne. Lamartine est le poëte des âmes en deuil.

— Et cependant, reprit Gaston, je l'avoue à ma honte, je n'ai pas ouvert ce livre.

— Pourquoi?

— Je ne sais. Je me suis assis au pied d'un arbre et j'ai rêvé. La nature nuit aux poëtes. Leur œuvre la plus complète ne vaut ni un coin de ce ciel bleu qui parle à nos yeux de l'infini, ni même de ce brin d'herbe verte qui tremble au souffle du vent, qui vit et pense comme nous, dans son humilité, et semble nous dire qu'il n'y a qu'un créateur, un poëte par excellence : Dieu.

— C'est juste, murmura Dragonne, mais vous avez rêvé bien longtemps.

— Je n'en disconviens pas. La raison en est que toute rêverie ressemble à la broderie de Pénélope, elle se reconstruit sans cesse. On rêve si peu à Paris.

— Et tant en province, répondit Dragonne avec un malicieux sourire.

— Peut-être, car là seulement on a le temps de descendre au fond de son cœur et de l'interroger. A Paris on ne fait que vivre, à la campagne on médite. Chaque heure qui s'écoule pour la grande ville apporte une émotion et efface un souvenir ; chaque heure qui passe aux champs, sous le ciel bleu et les arbres verts, évoque une ombre du passé et fait aimer le mirage multicolore de l'avenir. Chacun de nous alors, en contemplant les horizons indécis, les lointains bleuâtres, les demi-teintes et les ombres que le pinceau de Dieu éparpille savamment sur la terre par les tièdes journées d'automne ou du printemps, chacun songe un peu aux jours qui viendront et construit à sa guise le castel en Espagne de ses rêves.

— Pourriez-vous me dépeindre le vôtre, monsieur Gaston?

— Ah! soupira le jeune homme, il est le plus facile en apparence et le moins réalisable en définitive.

— Mon Dieu! que désirez-vous donc?

— Presque rien à première vue, une chose gigantesque en y réfléchissant.

— Et c'est?...

— Un je ne sais quoi qu'on nomme le bonheur.

— Mais encore a-t-il une forme!

— Indécise.

— Une base, une donnée, un but!

— Je voudrais, dit Gaston, posséder en un coin bien solitaire du monde, au bord de l'Océan ou sur le penchant d'une vallée perdue, une maisonnette blanche avec des volets verts, une tonnelle de lilas, un jardin, trois pouces de terre, — tout cela est facile, — et...

Gaston s'arrêta.

— Et puis? fit Dragonne.

— Et la femme que j'aimerais, cette femme entrevue au seuil de la jeunesse, à travers le prisme de notre imagination, dont le regard est une caresse, le sourire une espérance, les chastes baisers un bonheur sans fin ; je la voudrais posséder sans témoins, loin de tout et de tous ; passer ma vie à ses genoux ; refaire à mon âge mûr une jeunesse de son amour, à ma vieillesse inclinée une enfance étourdie et folle de nos mutuels et doux souvenirs.

— Rêve charmant, murmura Dragonne.

— Vous avez raison, c'est un rêve.

— Pourquoi ne se réaliserait-il point? fit-elle en rougissant.

Gaston étouffa un cri.

Puis il prit la main de Dragonne et lui dit avec passion :

— Croyez-vous qu'on puisse trouver cette femme?

Dragonne rougit encore et baissa pudiquement les yeux.

— Il y a, fit-elle bien bas, une parole de l'Évangile qui dit : « Cherchez, et vous trouverez... »

Gaston allait se précipiter aux genoux de mademoiselle de Lancy, dont la main tremblait dans la sienne, lorsqu'un bruit léger se fit dans l'antichambre, et la marquise entra peu après.

Elle ne remarqua point le trouble des deux jeunes gens et ne s'occupa que de l'état de sa fille.

Le reste de la journée s'écoula sans que Dragonne et Gaston pussent se trouver seuls, mais il sembla à celui-ci que la marquise et son mari étaient plus affectueux que jamais et qu'on le traitait comme si déjà il eût fait partie intégrante de la famille.

On dîna de bonne heure à la Fauconnière. Après le repas, Dragonne rentra chez elle, appuyée sur le bras de Gaston. En la quittant, sur le seuil même de sa chambre, il lui dit d'une voix émue :

— Dois-je me souvenir de la parole de l'Évangile que vous me citiez ce matin ?

— Oui, répondit-elle en lui pressant doucement la main.

Et comme si elle eût été honteuse de cet aveu, elle entra brusquement chez elle et s'enferma.

Gaston retourna au salon joindre M. de Lancy, qui entama avec lui une longue discussion héraldique.

M. de Vieux-Loup rentra de bonne heure au pavillon. Il était ivre de bonheur. Aucun aveu formel n'avait glissé sur les lèvres de Dragonne ; mais son regard, son geste, l'altération de sa voix, tout en elle lui avait dit qu'il était aimé, encouragé, et qu'il ne tenait plus qu'à lui d'être avant un mois l'heureux époux de mademoiselle de Lancy. Pendant la route de la Fauconnière au pavillon, Gaston avait étreint son cœur avec ses mains pour l'empêcher d'éclater, et il se répétait avec une joie qui tenait du délire :

— Elle m'aime ! elle m'aime !...

Cependant, lorsqu'il fut chez lui, quand un peu de calme fut revenu et que, sa bougie allumée, sa table de nuit roulée près de lui avec le livre qui l'aidait à s'endormir, il se prit à réfléchir à sa situation, il trembla.

Il se mit à frissonner et à trembler en songeant que l'heure allait sonner où la vérité se ferait jour, et cette clarté prochaine l'épouvantait.

Car ni la maladie, ni l'amour, n'avaient pu apaiser chez Dragonne cette haine violente qu'elle ressentait pour le nom de Vieux-Loup ; car pendant ses nuits d'insomnie et de délire, à ce seul nom elle tressaillait, et son regard lançait des flammes.

Car enfin Gaston ne se répétait plus avec cette assurance insoucieuse de l'homme qui ne doute de rien :

— Bah ! il suffit d'un peu d'amour pour réconcilier les Montaigus et les Capulets.

Comment avouer à Diane son vrai nom ?

Comment se jeter à genoux et lui dire : L'homme que vous aimez et qui vous aime avec délire est le fils du meurtrier de l'un des vôtres?...

Comment enfin oser lever la tête si Dragonne indignée s'écriait : Avez-vous donc pu, sans rougir et mourir de honte, vous asseoir chaque jour à la table de la famille que la vôtre a poursuivie de sa haine à travers les siècles? et lorsqu'un ruisseau de sang coule entre nos deux manoirs, avez-vous bien pu songer à réunir nos deux races en une seule ?

Ces réflexions subites changèrent l'ivresse de Gaston en une morne stupeur, puis à la stupeur succéda un désespoir fiévreux.

Il arrêta vingt plans, il en détruisit vingt ; sa raison repoussait tour à tour les expédients que proposait son imagination ; tour à tour l'imagination reprenait sur la raison un despotique empire, et alors il restait dans le domaine du rêve, et se voyait enlaçant de ses deux bras la taille de guêpe de Dragonne et lui prodiguait les noms les plus doux.

Et puis le rêve s'en allait sous la froide haleine de la réalité, et Gaston sentait son courage faiblir, le cœur lui manquer, ses yeux s'emplir de larmes.

— Non, non, se dit-il enfin, tout cela est impossible ; c'était un rêve, un rêve de bonheur comme nul n'en fit jamais, un rêve qui doit se briser et que je briserai moi-même. Je vais partir, fuir le Morvan, retourner à Paris. Là, j'écrirai à Dragonne, je lui avouerai tout, et ensuite... Ensuite, reprit-il, qu'est la vie sans amour?... J'en finirai avec elle ; c'est là mon dernier refuge contre un éternel désespoir.

Mais comme il achevait de prendre cette résolution, non moins insensée que les deux autres, un bruit extérieur le fit tressaillir et absorba soudain toute son attention.

Des pas légers, mais saccadés criaient sur le sable du sentier qui conduisait à la porte du sud du pavillon.

Un battement de cœur terrible s'empara de Gaston ; il s'approcha en tremblant de la croisée et regarda.

C'était Dragonne !...

Dragonne, qui marchait rapidement, mais sans précipitation, vêtue de ses habits d'homme et enveloppée dans son manteau.

Gaston sentit son sang se figer dans ses veines, une sueur glacée perla soudain à ses tempes, et cette femme qu'il aimait avec passion, devant laquelle tout à l'heure il frissonnait de mystérieuse volupté, lui fit peur.

Pourquoi mademoiselle de Lancy, qu'il avait laissée chez elle à huit heures du soir souffrante et prise de fièvre, arrivait-elle chez lui à neuf, de ce pas rapide et inégal qui décelait l'agitation ?

Quel malheur était-il donc arrivé à la Fauconnière ?

Elle éleva la pointe de son épée à la hauteur du visage de Gaston. (Pag. 51.)

V

Gaston était si ému, si tremblant, que Dragonne frappa deux fois à la porte avant qu'il eût pu se décider à aller lui ouvrir.

Il le fit enfin, et il comprit si bien au visage fébrile de Dragonne qu'un événement extraordinaire allait se passer entre eux, qu'il ne lui adressa point une parole, qu'il ne poussa pas un seul cri en se trouvant face à face avec elle.

Dragonne entra également sans mot dire; cependant, Gaston s'aperçut qu'elle déposait quelque chose de long, d'un peu lourd et soigneusement enveloppé, sur un escabeau placé dans le corridor, à l'entrée de la pièce du rez-de-chaussée, convertie par elle et le jardinier en salon.

Et Gaston n'osa point lui demander quel était le mystérieux objet.

Dragonne poussa la porte du salon devant elle et y entra. Gaston était descendu de sa chambre si précipitamment, qu'il n'avait point emporté sa bougie; le salon était donc noyé en une demi-obscurité que les pâles rayons de la nouvelle lune ne parvenaient pas à percer. Ce-pendant, mademoiselle de Lancy ne fit aucune objection, ne demanda point de lumière, et elle alla s'asseoir sur le canapé de jonc tressé qui décorait cette pièce.

Gaston se tint immobile et muet devant elle, attendant qu'elle ouvrit la bouche; elle ne parut point s'en apercevoir et se prit, au contraire, à méditer.

— Monsieur Gaston, dit-elle enfin d'une voix calme, avant de me demander le but et la cause de ma présence chez vous à une heure de la nuit aussi avancée, permettez-moi de vous faire une question.

L'accent de Dragonne était froid, sans colère; il était plus terrible ainsi que s'il eût enfermé la moindre nuance d'irritation.

— Mademoiselle... balbutia Gaston, dont le cœur continuait à battre avec violence.

— Vous habitez ordinairement Paris, n'est-ce pas?

— Oui, mademoiselle.

— Rue du Helder, 17, je crois; est-ce bien 17?

— Précisément.

— Et vous avez une maîtresse qui se nomme Azurine?

Gaston respira bruyamment.

— Ah! pensa-t-il, c'est une scène de jalousie. Tant mieux. Dieu! que j'ai eu peur!

Le chevalier de Lancy est venu augmenter le nombre les victimes, provoqué par votre père. (Page 50.)

— Mais, mademoiselle, reprit-il tout haut, jouant la confusion.

— Répondez-moi, monsieur, je vous en prie. La franchise sied aux gens de cœur.

— J'avais une maîtresse... murmura Gaston.

— Peu importe que vous l'ayez encore... Et elle se nommait Azurine?

— Oui, mademoiselle... mais croyez que jamais...

Dragonne garda le silence une minute.

— Mademoiselle Azurine, dit-elle enfin, peut être une personne charmante qu'il y aurait de la maladresse à délaisser.

— Bon, se dit Gaston, le dépit est un des meilleurs champions de l'amour; elle m'aime!...

— Et pourquoi, continua-t-elle sans aigreur, naturellement, et comme si elle eût parlé d'une chose absolument insignifiante, pourquoi ne point avouer hautement la femme qui a cru assez en vous pour vous faire un sacrifice?

Gaston, qui s'abusait sur la tournure que semblait prendre cette explication nocturne, avait reconquis peu à peu tout son sang-froid; il s'aperçut donc qu'ils étaient sans lumière, et il s'excusa en termes polis et empressés.

— Tout à l'heure, reprit Dragonne, vous allumerez les flambeaux; causons encore un peu. Nous n'avons, pour le moment, nul besoin d'y voir.

Un nouveau silence suivit cette phrase.

Gaston en profita pour s'approcher de mademoiselle de Lancy; il s'assit auprès d'elle et voulut lui prendre la main.

Elle retira sa main sans affectation et répondit :

— Veuillez observer, monsieur Gaston, que nous sommes seuls, à dix heures du soir, loin de toute habitation et chez vous. Cet isolement vous fait une loi de me traiter avec des égards et un respect qui seraient presque ridicules en toute autre circonstance. Soyez donc assez aimable, au lieu de vous asseoir près de moi et de prendre ma main, pour vous placer dans ce fauteuil qui me fait face.

Dragonne s'exprimait toujours avec un calme parfait, qui imposait à Gaston et le dominait bien plus impérieusement que n'eussent pu le faire des paroles irritées et une attitude hostile.

— Vous me disiez donc, reprit Dragonne, que vous habitez rue du Helder et que vous aviez une maîtresse du nom d'Azurine?

— Oui, fit Gaston d'un signe de tête.

— Vous avez également un ami nommé M. d'Eparny?

— C'est vrai.

— Et qui vous conseillait fort, dernièrement, d'acheter, pour la bagatelle de cinq mille francs, la jument du comte Persony, Blidah, une pouliche bai-brun, trois ans, par Fulgurant et Némosine, pour parler le langage du sport?

— Mon Dieu! se dit Gaston, redevenant inquiet, où donc veut-elle en venir?

Et son calme s'évanouit encore une fois.

— En ce cas, continua Dragonne, les deux lettres que vous aviez dans votre portefeuille, portefeuille que vous avez laissé tomber sur le tapis de ma chambre, sont bien à vous?

Gaston tressaillit et recula vivement.

— Et vous vous nommez bien, n'est-ce pas, M. Gaston de Vieux-Loup de la Châtaigneraie?

Et, à son tour, Dragonne se leva, terrible de sang-froid, belle d'une pâleur livide, et regardant Gaston avec un œil glacé où se lisait le dédain.

Le jeune homme posa sa main sur sa poitrine, avec un geste de douleur suprème, et se mit à genoux :

— Mademoiselle, dit-il, le hasard, la fatalité plutôt, nous ont réunis un soir. Je ne vous connaissais pas, j'ignorais presque les motifs de la haine qui sépare nos deux races, je ne partageais point cette haine, et si je vous ai trompée, c'est que j'espérais... c'est que j'avais foi en ma jeunesse exempte d'arrière-pensée, en mon amour né subitement, en Dieu qui ne peut point permettre que deux familles, longtemps ennemies, ne se réconcilient enfin par une alliance.

Un froid éclat de rire accueillit chez Dragonne ces paroles de Gaston.

— Je vous ai aimée dès la première heure de notre entrevue, mademoiselle; j'ai pénétré dans l'intérieur de votre famille, et elle m'a paru noblement vertueuse; je ne connaissais point mes oncles, je n'avais pour eux que cette affection banale qu'on voue à des parents inconnus; je l'avouerai même, je professais un mépris fort grand pour leur existence mesquine, leurs préjugés et leurs rancunes. Tandis que j'étais chez vous, à la droite de votre mère, à ce premier repas qui me fut offert sous votre toit, je me pris à penser qu'il suffirait d'un peu d'estime réciproque pour terminer ce différend séculaire qui nous sépare; je songeais qu'à Paris je jouissais de la considération générale, que je passais pour un homme de cœur, et que ce titre serait à vos yeux de quelque poids, si je me présentais et vous disais :

« Dragonne, je vous aime saintement, noblement; mon sang jusqu'à la dernière goutte, mon cœur jusqu'à sa dernière pulsation, ma vie jusqu'à son dernier soupir, mon intelligence jusqu'à ces lueurs extrêmes que commence à voiler l'agonie, sont à vous!

« Je n'ai point hérité de cette folle animosité qui animait mes pères contre les vôtres, je blâme sévèrement leur conduite, et je suis persuadé d'avance qu'ils eurent tous les torts. Nous sommes jeunes, nous nous aimons : le siècle où nous vivons fait fi des traditions des âges précédents, faisons comme le siècle, et couronnons de notre amour la réconciliation de nos deux familles.

« Je vous aurais dit tout cela, Dragonne; depuis deux jours, cet aveu est sur mes lèvres; l'occasion m'a manqué, ou plutôt le courage, car votre exaltation haineuse pour mes oncles me faisait trembler et hésiter... »

Gaston s'arrêta, une larme brûlante roulait sur sa joue; mais l'obscurité régnait, et Dragonne ne la vit point. Peut-être cette larme l'eût-elle touchée, car un homme de cœur qui pleure est un émouvant spectacle, même pour la femme la plus implacable.

Dragonne avait écouté Gaston jusqu'au bout, sans l'interrompre ni de la voix ni du geste.

— Monsieur de Vieux-Loup, dit-elle enfin, vous auriez eu tort de croire que les haines transmises par nos pères se puissent effacer ainsi. Votre nom et celui de Lancy jurent l'un à côté de l'autre; il y a entre nous un ruisseau de sang, dont la dernière goutte fut versée par votre père en 1815. L'ombre de mon oncle le chevalier se dresse devant moi, à cette heure, et m'ordonne de la venger!

— Que voulez-vous dire, Dragonne? exclama Gaston.

— Écoutez : si le dernier de mes pères tué par un des vôtres était celui qui mourut sous Louis XIII, il y aurait de cela trop longtemps pour que, à la rigueur, nos deux races ne se puissent donner la main; mais depuis, mon oncle, le chevalier de Lancy, est venu, sous l'épée de votre père et provoqué par lui, augmenter le nombre des victimes, et il n'y a que trente-deux années.

— Eh bien? fit Gaston anxieux.

— Ne vous disais-je pas, un jour, que longtemps, pendant mon enfance, j'avais rêvé d'aller à Paris, d'y chercher le meurtrier de mon oncle... et de le provoquer?

— Oui, dit Gaston.

— Eh bien! monsieur Gaston de Vieux-Loup, mon rêve va s'accomplir. Je n'ai pas eu besoin d'aller vous chercher à Paris et de vous provoquer; vous êtes venu à moi, vous m'avez insultée en me parlant de votre amour, vous avez outragé de votre présence le toit de mes pères, vous êtes doublement compromis et doublement coupable, et cette fois encore les Vieux-Loup et les Lancy croiseront le fer.

— Vous êtes folle! murmura Gaston.

— Allumez les flambeaux maintenant, monsieur de Vieux-Loup; les gens de cœur ne se battent point dans l'obscurité.

— Vous êtes folle! répéta le jeune homme.

— Allumez! vous dis-je, répondit Dragonne, et cette fois avec un tel accent d'autorité, que Gaston obéit machinalement et éclaira les deux flambeaux à trois branches placés sur la cheminée.

Alors il osa regarder Dragonne.

Dragonne avait boutonné jusqu'au menton

son justaucorps de chasse, et si elle n'avait eu la tête nue, on eût juré qu'elle était homme, tant il y avait de froide audace dans sa pose, de calme, de courroux et d'énergie virile dans son regard.

Une fois de plus, Gaston eut peur.

Elle étendit la main vers la porte, et lui dit :

— Il y a là, sur un escabeau, deux épées enroulées dans un mouchoir. Ces deux épées sont vieilles, monsieur, aussi vieilles que notre haine; elles datent de la Saint-Barthélemy. L'écuyer du marquis de Lancy les ramassa toutes deux après la mort de son maître, qui passa la nuit gisant à côté du baron de Vieux-Loup, également trépassé. Ces armes sont demeurées dans ma famille comme un douloureux trophée; je les ai choisies pour nous au faisceau de la Fauconnière : sur l'une est gravé l'écusson des Vieux-Loup, ce sera la vôtre; sur l'autre, on voit encore les armoiries des Lancy ; elle ne se brisera pas dans ma main. Veuillez les prendre.

Gaston hésita.

— Allez!... lui dit Dragonne d'un ton si impérieux qu'il obéit encore.

Il revint avec les épées et les tendit à Dragonne.

— Voici la vôtre, lui dit-elle; et maintenant si vous êtes chrétien, si vous savez une prière, dites-la, comme je vais en dire une moi-même, car l'un de nous deux sera mort avant dix minutes.

Jusque-là Gaston de Vieux-Loup avait été tellement étourdi, tellement anéanti par le coup qui le frappait, qu'il avait agi sans penser, regardé sans voir, obéi sans comprendre; mais la situation devenait trop dramatique pour que cette étrange ivresse pût se prolonger plus longtemps.

Il rejeta donc loin de lui l'épée que Dragonne lui tendait, et la regardant en face :

— Votre haine vous aveugle donc à ce point, lui dit-il, que vous fassiez l'injure au dernier de vos ennemis de le prendre pour un lâche ?

— Un lâche ?

— Oui, un lâche, mademoiselle. Avez-vous pu croire que moi, Gaston de Vieux-Loup, le dernier gentilhomme de ma race, je croiserais le fer avec une femme ?

— Je ne suis point une femme, monsieur; si vous êtes le dernier gentilhomme de votre famille, je suis, moi, le dernier cœur viril de la mienne. Ne vous défendez point de prendre cette épée, et croisez-la sans crainte contre la mienne, car je la tiendrai vaillamment; car mon sexe est une triste bouffonnerie du hasard, car j'ai le courage et la force d'un homme ; car bien certainement je tire mieux que vous.

— Peu m'importe! murmura Gaston.

— Ah! vous vous croyez lâche, reprit Dragonne avec irritation, et vous refusez le combat. Eh bien! moi, Dragonne de Lancy, je vous répute tel si vous n'acceptez sur-le-champ.

— Jamais ! dit froidement Gaston.

Dragonne haussa les épaules.

— Vous l'avez voulu, dit-elle, monsieur Gaston de Vieux-Loup, je vous tiens pour un lâche.

Gaston pâlit, mais il ne bougea pas et ne ramassa point l'épée que Dragonne poussait du pied devant lui.

— C'est mal, murmura-t-il, ce que vous faites là, car je vous aime...

Ces derniers mots firent monter au front de Dragonne une rougeur pourprée.

— Ceci, s'écria-t-elle, est une nouvelle insulte : lâche! trois fois lâche !

Gaston croisa les bras lentement.

— Oui, répéta-t-il, je vous aime, et ne suis point un lâche cependant, car je vous dis : Vous vous vantiez tout à l'heure de votre supériorité à l'épée; eh bien! si je prenais ce fer, si je me défendais, vous me tueriez cependant tôt ou tard. Tuez-moi donc aussitôt, Dragonne, tuez-moi sur-le-champ. Nous sommes seuls, je refuse de me sauvegarder; vous me provoquez, et comme je n'ose relever votre defi, comme je tremble sous votre regard, vous me tuez, c'est votre droit.

Dragonne ne répondit point, mais elle ôta froidement son gant, s'approcha de Gaston et lui en frappa les deux joues.

Gaston recula d'un pas et s'adossa au mur :

— Pauvre Dragonne, murmura-t-il avec tristesse, tue-moi donc tout de suite, au lieu de me faire ainsi souffrir.

— Non, s'écria Dragonne, je ne vous tuerai pas si vous ne vous défendez, mais je veux que vous portiez la marque éternelle de votre lâcheté.

Et elle éleva la pointe de son épée à la hauteur du visage de Gaston.

Celui-ci comprit, et, désespéré, pour en finir à tout prix, il se dressa sur la pointe du pied, si bien que l'épée de Dragonne, au lieu de l'atteindre au visage, le frappa à l'épaule et s'y enfonça de deux pouces.

La douleur lui arracha un cri, il chancela et pâlit.

Ce cri dégrisa Dragonne, cette pâleur la fit frissonner; elle jeta son épée, reçut Gaston dans ses bras, et folle, en proie à un subit et terrible délire, elle s'écria :

— Mon Dieu ! j'ai tué celui que j'aimais !

Dragonne pouvait croire jusqu'à un certain point qu'elle avait tué Gaston, car celui-ci, brisé par tant d'émotions poignantes et qui s'étaient succédé avec une telle rapidité, succombait à une sorte d'affaissement moral, bien plus qu'à la douleur qu'il ressentait de la blessure que Dragonne venait de lui faire.

Ce fut alors un spectacle étrange et touchant que celui de cette femme tenant dans ses bras son amant évanoui, le portant sur le canapé, déchirant ses vêtements, sa chemise, comme il le faisait pour elle deux jours avant, interrogeant avec terreur la profondeur de cette blessure que dans sa folie elle avait ouverte elle-même, pleurant et se tordant les mains, l'appelant des plus doux noms et lui demandant grâce et pardon de son égarement et de sa cruauté.

Gaston était toujours évanoui, et Diane cherchait vainement autour d'elle et fouillait inutilement les placards du pavillon pour y trouver des sels ou simplement un peu d'eau fraîche. Il n'y avait absolument rien !

Alors, épouvantée de cette pâleur mate qui couvrait les joues de Gaston, mademoiselle de Lancy eut recours à un héroïque et singulier remède : elle appuya ses deux lèvres sur le front décoloré du jeune homme et y mit un long baiser.

M. de Vieux-Loup rouvrit les yeux presque aussitôt, et regarda Dragonne avec étonnement.

Dragonne était à genoux devant lui, le visage baigné de larmes ; elle lui pressait les deux mains et lui demandait pardon encore.

— Ah ! l'affreux rêve ! murmura Gaston.

— Ce n'est point un rêve, répondit-elle, tout est vrai... je suis un monstre... j'ai eu le vertige... Gaston, pardonne-moi...

Il remarqua alors quelques gouttes de sang découlant de son épaule sur ses mains et jaspant au passage sa chemise entr'ouverte.

— Mon Dieu ! répétait Dragonne en pleurant, me pardonneras-tu jamais, Gaston... mon Gaston adoré, toi que j'aimais avec passion... toi que j'ai failli tuer ?...

Pour toute réponse, le jeune homme prit dans ses mains la tête bouleversée de Diane et lui rendit ce baiser qu'elle venait de mettre sur ses lèvres et qui l'avait rappelé à la vie.

— Mon Dieu ! répétait mademoiselle de Lancy, j'ai été cruelle et folle, mais je t'aimais tant ! je t'ai outragé, frappé au visage, puis avec mon épée... je ne suis pas une femme, je suis un monstre... Et tu as été, toi, noble et bon ; tu as souffert mes injures, les bras croisés ; tu m'as laissé te frapper, me parlant d'amour quand je te souffletais avec mon gant...

— Chère Dragonne ! murmura Gaston, la pressant dans ses bras.

— Mais, reprit-elle, ma folie s'en va, la raison revient ; je sens que tu es un noble et grand cœur, mon Gaston ; que te haïr serait un crime qui révolterait Dieu ; que t'envelopper dans cette famille maudite, dont tu n'as que le nom, serait te méconnaître. Aussi, je t'aime, cher Gaston ; et si ma voix ne suffit à te le dire, mes lèvres te le diront aussi.

Et Dragonne mit un nouveau baiser au front de Gaston, ivre de joie et fasciné.

— Ah ! je le savais bien, dit-il en enlaçant de ses deux bras la taille de la jeune fille, je le savais bien que nous nous aimions, qu'une longue vie de calme, de joie, de bonheur, nous était réservée... que nous ne pouvions pas, mon doux ange, nous regarder la haine aux lèvres, le mépris dans les yeux, parce que nos pères furent ennemis... Je le savais bien, Dragonne, ma chérie, que notre amour serait la pierre angulaire de la réconciliation de nos deux races.. et que Dieu ne permettrait point que

cette animosité qui traversa les siècles ne pût se briser enfin devant nous qui sommes jeunes, forts, dévoués, et qui nous sommes aimés dès la première heure.

Gaston parlait avec feu, il couvrait Dragonne de baisers, et, sous ses chaudes caresses, la jeune fille frissonnait et paraissait en proie à une ivresse mystérieuse.

— Nous laisserons mes oncles, continua Gaston, mourir dans leurs vieilles idées et leur rancune ridicule : que nous importe ! Votre père, Dragonne, est un gentilhomme accompli ; il a moins de préjugés qu'eux, il ne refusera point le bonheur de son enfant. Nous irons à Paris, la grande ville de l'oubli et du silence, à Paris, où les inimitiés de clocher n'existent point, où il suffit d'être jeune et d'aimer pour attirer les regards de la foule et en être envié. Nous nous unirons un soir, à minuit, à la paroisse aristocratique de Saint-Thomas-d'Aquin, presque sans témoins, mystérieusement, ainsi que commença notre amour ; puis, si la brise embaumée, le ciel bleu, les doux parfums des tièdes contrées du Midi vous séduisent plus que les rues tumultueuses et le fracas de la Babylone moderne, eh bien ! une chaise de poste attelée sous le porche de l'église nous emportera vers l'Italie ; nous passerons l'hiver à Naples, nous y habiterons une villa de marbre blanc assise au bord de la mer et perdue en un massif de lauriers-roses qui l'abrite des ardeurs du soleil pendant le jour, et lui chante, la nuit, un refrain d'amour, converti qu'il est par la brise en un mélodieux instrument.

Et Gaston passa de nouveau son bras autour de la taille de mademoiselle de Lancy et continua avec exaltation :

— Tu es belle, ma Dragonne adorée, belle et charmante avec ton visage pâli, tes yeux noyés de larmes et ta noire chevelure dénouée sur tes épaules ; mais il me faut vous faire une prière, madame, une prière à deux genoux, et vous ne me refuserez point, n'est-ce pas ?

Dragonne répondit par un baiser.

— Quand nous serons unis, reprit Gaston, vous renoncerez, n'est-il pas vrai ? à ce vilain costume d'amazone, et vous reprendrez vos vêtements de femme, sous lesquels vous êtes. ma Dragonne bien-aimée, si modeste, si chaste et si belle... Vous n'irez plus courir les bois et durcir votre pied mignon au contact des cailloux et des broussailles ; vous ne vous exposerez plus à cet affreux danger que vous avez couru avant-hier, pour la gloire stérile de lutter presque corps à corps avec l'hôte le plus redoutable de nos forêts... vous ne passerez plus des heures entières à manier le fleuret dans une salle d'armes, à moucheter une plaque dans votre chambre à coucher avec un pistolet de salon... dites, me le promettez-vous ?

Dragonne ne répondait pas, elle était fascinée...

— Lorsque vous serez madame de Vieux-Loup, poursuivit Gaston.

Mais soudain il s'arrêta, car Dragonne, à ce nom, s'était levée brusquement; l'incarnat qui couvrait ses joues venait de faire place à une pâleur livide, elle avait reculé d'un pas et jeté un cri, murmurant : — Oh! ceci était du vertige et de la folie; ceci était un crime sans nom, une impiété sans exemple. Moi! devenir madame de Vieux-Loup? Moi! porter votre nom; ce nom qui se dresse enveloppé d'un suaire sanglant devant le nom de ma famille? Mais vous n'y songez point, Gaston; mais vous êtes mille fois fou; votre tête s'égare et le rêve vous reprend... Gaston, acheva Dragonne d'une voix brisée, mais où perçait un accent de fermeté terrible, avez-vous donc oublié que le sang de mon oncle, le chevalier de Lancy, a rejailli un jour sur les mains et le visage du baron de Vieux-Loup, votre père?

Et Dragonne recula encore, comme si elle eût éprouvé honte et remords d'avoir enlacé de ses bras et couvert de baisers l'enfant du meurtrier.

VI

Les déceptions sont d'autant plus terribles, d'autant plus poignantes, qu'elles arrivent et fondent sur nous à l'heure même où le succès paraissait assuré et prochain.

Gaston n'avait jamais espéré plus fermement, il n'avait jamais cru à son bonheur avec autant d'assurance que depuis dix minutes. Dragonne venait de lui parler le langage de la passion avec un enthousiasme tel, que déjà il avait entrevu, comme un mirage, tout le long rêve de bonheur de son avenir.

Et voilà qu'à l'instant même où Dragonne, à ses genoux, lui livrait ses deux mains et son front, lui répétait avec délire qu'elle l'aimait; à ce moment même où, l'imprudent! il commençait à élever l'édifice de son amour sur la pierre angulaire de son imagination, cette femme que déjà il croyait à lui éternellement se redressait froide et épouvantée et lui disait :

— Vous faites un rêve insensé et vous savez bien que notre union est impossible, car il y a entre nous un sang qui fume encore!

Dragonne et Gaston, après les foudroyantes paroles de la jeune fille, se regardèrent un moment en silence et comme dominés par une stupéfaction douloureuse; enfin, mademoiselle de Lancy revint à lui, prit sa main et lui dit avec une expression d'indicible tristesse :

— Non, mon ami, cela ne se peut; nos pères sortiraient de leur tombe, au besoin, pour nous défendre une pareille alliance si nous osions la projeter. Non, mon pauvre Gaston, je ne serai jamais madame de Vieux-Loup, et c'est une horrible fatalité, va! car je t'aimais et je t'aime, car je te dois la vie; car s'il est un homme au

monde à qui il ait été donné de faire battre mon cœur, c'est toi; car enfin, si je ne meurs de douleur, ce cœur, la seule chose dont je puisse disposer, t'appartiendra éternellement.

Elle l'entraîna sur le canapé, le fit asseoir près d'elle et continua :

— Mon Gaston bien-aimé, sais-tu qu'il est de terribles et navrantes destinées, et que la vie est semée de poignantes et sombres souffrances?... Nous nous rencontrâmes un soir, nous étions inconnus l'un à l'autre, nous ignorâmes tout d'abord quel abîme existait entre nous, et nous nous laissâmes aller tous les deux à cette naïve et charmante ivresse qu'on nomme l'amour... Tiens, à cette heure, la dernière que nous passerons ensemble, je puis bien te faire cet aveu : je t'aime depuis le premier instant de notre entrevue.

Ah! cette course à travers les bois, le brouillard et la nuit, cette soirée où je te vis assis à notre humble foyer de famille, ne s'effaceront jamais de ma mémoire... Mon Gaston bien-aimé, nous allons nous quitter, nous ne devons plus nous revoir, mais crois que jamais mademoiselle de Lancy n'acceptera la main d'un autre, que dans le silence de son cœur elle sera toujours à toi et qu'en vain les jours et les heures, les mois et les ans passeront... ton souvenir ne s'effacera de mon âme ni de ma mémoire.

Dragonne étouffa un sanglot et reprit :

— Cher Gaston, écoute-moi : la vie de ce monde est un voyage, une heure d'épreuve que les âmes fortes subissent avec courage ; quelques années écoulées et la mort arrive; mais la mort n'a rien de hideux et de terrible pour ceux qui croient fermement à une autre vie, car ils savent que cette vie-là est exempte des agitations mesquines et des soucis de la nôtre. Dans celle-là, les haines s'effacent, les âmes ennemies se fondent en un baiser, et ceux qui s'aimèrent ici et que la fatalité sépara sont réunis à jamais et s'aimeront éternellement.

Gaston écoutait Dragonne en sanglotant.

— Vous êtes jeune, mon Gaston bien-aimé, jeune, fort, intelligent, et, ce qui vaut mieux encore, vous avez un noble cœur. Croyez-vous que Dieu crée jamais une nature à peu près complète, car lui seul est parfait, pour qu'elle se consume en regrets impuissants et s'abandonne au désespoir, et pensez-vous que l'intelligence n'a point sa mystérieuse et sainte mission parmi la foule? Il faut être fort, mon Gaston, fort et brave; vous avez une belle place à prendre dans le monde, diplomatie ou carrières libérales, art ou politique, plume ou épée, il vous faut opter sans retard. Vous avez besoin d'oublier, et l'oubli des douleurs de l'âme ne se trouve que dans les nobles et bonnes actions. Retournez à Paris; travaillez avec courage, devenez un homme utile au pays et à vos semblables, célèbre même, si cela se peut. Alors, mon ami, ce but atteint, vous regarderez en arrière, dans la brume de vos souvenirs, vous songerez qu'une femme est au monde qui vous accompagna de ses vœux, de ses prières, qui tressaillit tout bas en entendant votre nom qu'on prononçait très-haut, et qui, dans le silence, et l'ombre de son cœur, se disait :

« J'ai bien fait de vouer en secret ma vie entière à son souvenir, car il est digne de moi. »

Gaston fit un geste de découragement et de douleur.

Dragonne se leva :

— Adieu, lui dit-elle, adieu Gaston, nous ne nous reverrons plus seul à seul ; mais venez dans dix minutes, montez, malgré l'heure avancée, à la Fauconnière, et prenez congé de ma famille ; il ne faut pas que mon père sache jamais la cause de notre brusque séparation. Vous prétexterez une lettre arrivée de Paris qui vous force à partir demain au point du jour.

Gaston ne trouvait rien à répondre.

Dragonne l'enlaça de ses deux bras, lui mit au front un nouveau baiser et s'enfuit.

Gaston écouta, haletant, le bruit de ses pas s'éloigner dans la nuit, puis s'éteindre. Il demeura longtemps anéanti et brisé sur seuil de la porte, et ce ne fut que lorsque la pendule du petit salon vint à sonner onze heures, qu'il se rappela le désir de Dragonne et prit le chemin de la Fauconnière.

La veillée s'était prolongée, ce soir-là, à la Fauconnière. Le grand salon, où la famille de Lancy passait les longues soirées d'automne, contenait encore à onze heures et demi passées ses hôtes ordinaires.

Après le départ de Gaston, à huit heures, Dragonne s'était levée et avait témoigné le besoin de prendre l'air.

Cette singulière fantaisie, combattue un moment sans succès, du reste, par la marquise, avait prolongé la veillée du château.

On attendait Dragonne qui, nos lecteurs le savent, était sortie, enveloppée dans son manteau, portant des épées sous son bras et par la petite porte du parc qui donnait sur la forêt, afin d'écarter tout soupçon et de dissimuler le but réel de sa course nocturne. On s'occupait peu d'Albert au château, non que le marquis et sa femme n'eussent pour lui une affection solide et sérieuse, mais on le savait d'humeur mélancolique et rêveuse, et ses goûts de solitude, de promenade solitaire à travers champs, étaient respectés assez pour qu'il jouît d'une complète liberté.

Albert sortait chaque soir après dîner, vers huit heures ; tantôt il gagnait la forêt, le plus souvent il se dirigeait vers la plaine. C'était alors qu'il rencontrait Mignonne. Il rentrait souvent bien avant dans la nuit, mais nul n'y prenait garde, et, à dix heures, lorsque Dragonne, après avoir tendu son front à ses parents, regagnait sa chambre, le marquis et la marquise rentraient chez eux à leur tour.

Ce soir-là le marquis s'était assoupi dans sa bergère, et la marquise travaillait à un ouvrage de tapisserie au moment où onze heures et demie sonnaient, lorsque la porte s'ouvrit et Dragonne entra.

Elle était fort pâle, cependant elle était calme et dissimulait parfaitement sa souffrance morale.

Au bruit qu'elle fit en entrant, le marquis s'éveilla et leva la tête :

— Ah ! c'est toi, Dragonne, dit-il, tu rentres bien tard.

— Mais non, mon père.

Le marquis étendit le doigt vers la pendule.

— Onze heures et demie, dit-il. Tu as tort, mon enfant, de t'exposer ainsi à l'air de la nuit, avec ta blessure.

— Il fait un temps superbe, pas un brin de vent et un air tiède.

— Souffres-tu de ton bras ?

— Non.

— Chère Dragonne ! murmura la marquise, quelle affreuse imprudence tu as commise ! Ah ! jure-nous encore que tu ne recommenceras plus.

— Oh ! non, répondit Dragonne avec une émotion subite que ses parents mirent sur le compte de cette terreur qui naît du souvenir d'un danger.

— Ce M. Gaston de Launay est un brave et digne garçon, fit le marquis. J'ai rarement vu chez un jeune homme de vingt-cinq ans autant de sagesse et de maturité réunies à une froide bravoure. Il a beaucoup d'esprit, il cause sensément, il voit juste en toute chose, surtout en politique.

Ce panégyrique de Gaston faisait à Dragonne un mal affreux ; c'était l'éloge complaisemment délayé d'un mort aimé fait à ceux qui le pleurent : Gaston était mort pour Dragonne !

— Dis-moi, mon enfant, reprit le marquis en regardant sa fille avec ce malicieux et bon sourire des vieillards qui essayent de pénétrer les désirs de la jeunesse, irons-nous à Paris le mois prochain ?

— A Paris ! fit Dragonne rêveuse ; pourquoi ?

— Comment, pourquoi ? mais tu avais si grande hâte d'être au mois de novembre, naguère... Tu nous as parlé tout l'été des bals et des concerts de l'hiver ; tu prétendais même que l'automne était interminable et bien monotone.

— Ah ! fit Dragonne avec rêverie.

— Tu comprends cependant, ma chère belle, continua le marquis, tu comprends qu'à présent nous avons besoin de passer au moins nos hivers à Paris.

— Pourquoi, mon père ?

— Dragonne, ma chérie, poursuivit M. de Lancy d'une voix caressante, savez-vous que vous allez avoir vingt-deux ans ?

— Eh bien ! mon père ?

— Et qu'il serait temps de vous chercher un mari.

Et le vieillard cligna malicieusement de l'œil.

— Je ne veux pas me marier, répondit Dragonne ; je veux passer ma vie auprès de maman, auprès de vous, mon père.

— Ta, ta, ta, fit le marquis en riant, propos de jeune fille que tout cela.

— Je parle sérieusement, mon père.

— Vous ne pouvez cependant, ma chérie, courir éternellement les bois avec un pantalon et un fusil ! Et quand nous serons morts, chère enfant ! que deviendras-tu ?

Dragonne enlaça de ses deux bras le cou de son père, et répondit :

— Vous avez encore de longs jours à vivre, mon père ; mais si Dieu vous reprenait à moi, vous et maman, eh bien ! n'y a-t-il pas des couvents, de saintes maisons où se réfugient et trouvent le repos ceux qui ont souffert et qui pleurent ?

— Petite folle ! murmura le marquis, pourquoi ces tristes et vilaines idées ?

— Pourquoi, mon père ?... Mais...

— Chut ! mademoiselle, et écoutez-moi bien attentivement.

— Je vous écoute, mon père.

— Comment trouvez-vous M. de Launay ?

Dragonne tressaillit et rougit ; puis une pâleur mortelle envahit ses joues.

— Je ne sais, balbutia-t-elle.

— Je le trouve charmant moi, dit joyeusement le marquis, et si les renseignements que je ferai prendre adroitement répondent à l'opinion que j'ai déjà de lui, eh bien, morbleu ! il ne tiendra qu'à lui et à toi, ma chère petite Dragonne...

Dragonne sentit tout son sang refluer vers le cœur, et le courage dont ce cœur s'était pourvu chancela.

— C'est inutile, interrompit-elle vivement, je ne veux pas me marier.

— Petite entêtée ! murmura le marquis... Bah ! nous *en reverrons*, comme disaient nos pères les veneurs.

Tandis que le marquis prononçait cette dernière phrase, Albert de Lancy parut sur le seuil du salon. Il s'avança lentement, avec une tristesse et une mélancolie où perçait néanmoins une résolution inaccoutumée.

Il vint droit à son père et se tint debout, devant lui, dans l'attitude d'un homme qui va entamer un entretien solennel.

— Pour Dieu ! mon fils, dit le marquis étonné, expliquez-nous, je vous prie, d'où vous vient cette physionomie majestueuse et préoccupée ?

— J'ai besoin de vous parler, mon père.

— A moi seul ?

— Non, répondit Albert, nous sommes en famille, personne n'est de trop... Voulez-vous m'écouter, mon père ?

— Certainement, Albert ; parlez.

— Mon père, dit Albert d'une voix émue, mais assurée, vous aviez raison quand, durant mon enfance, vous prétendiez que la nature s'était trompée en faisant de Dragonne une femme et de moi un homme. Vous aviez raison, mon père, car je ne possède aucune de ces qualités viriles qui sont nécessaires à un homme pour bien porter un noble et vieux nom comme le nôtre.

— Où voulez-vous en venir, mon fils ? demanda le marquis avec un froid étonnement.

— Mon père, reprit Albert, le sang de nos aïeux coule dans mes veines, mais je n'ai hérité d'aucune de leurs qualités, je suis un gentilhomme dégénéré.

— Mon Dieu ! s'écria le marquis, mon fils est fou !

— Non point fou ! mon père, mais lâche ! répondit Albert.

— Par la mordieu ! que signifie tout cela, monsieur ?

— Nos pères, répondit Albert, nous ont légué une vieille haine qu'il serait de notre devoir de garder.

— Oui, fit le marquis d'un signe. Entre les Vieux-Loup et nous il existe un profond et éternel abîme.

— Je le sais, mon père, et cependant cette haine n'a jamais trouvé d'écho dans mon cœur, cet abîme ne m'a jamais épouvanté.

— Au nom du ciel ! murmura M. de Lancy, que signifie donc tout cela, Albert, et quel vertige vous prend ?

— J'aime Mignonne de Vieux-Loup, répondit Albert avec une fermeté qu'on n'eût point attendue de sa timidité habituelle.

Ces quatre mots jurèrent tellement à l'oreille du marquis, il en fut si brusquement étourdi, ils eurent pour lui une signification si obscure, qu'il demeura muet, l'œil fixe, la lèvre ouverte, ainsi qu'un homme qui serait tout à coup atteint d'idiotisme.

— Nous nous aimons tous les deux, reprit Albert, depuis longtemps, mon père. Ni l'un ni l'autre nous n'éprouvâmes jamais cette animosité fébrile qui fait monter le sang au visage d'un Lancy rencontrant un Vieux-Loup sur son chemin ; nous nous sommes aimés depuis la première heure que nous passâmes ensemble, et nous sommes à jamais unis l'un à l'autre par le cœur, si la fatalité doit nous défendre une autre union.

Aussi, mon père, je viens à vous pour vous dire :

« Je suis l'enfant dégénéré de votre race, je n'ai de commun avec elle que le nom, et je viens vous supplier de me permettre de quitter ce nom que je suis indigne de porter. Je vais fuir le Morvan, Paris, la France, ainsi qu'un proscrit qui n'a plus ni patrie, ni famille ; j'irai si loin que jamais ceux qui ont le droit de rougir de ma conduite n'entendront parler de moi ; nous fuirons tous deux, Mignonne et moi, nous irons nous cacher en quelque coin perdu du monde, où nous nous aimerons dans l'ombre et pourrons pleurer sur la fatalité qui sépare à jamais nos deux races. »

Le tonneau qui l'enfermait avait été jeté à la mer. (Page 59.)

Albert s'arrêta, dominé par une poignante émotion.

Le marquis gardait un silence farouche et tenait ses yeux baissés, comme s'il eût éprouvé une honte terrible d'entendre un pareil langage dans la bouche de son fils.

Albert s'agenouilla.

— Pardonnez-moi, mon père! murmura-t-il en sanglotant, pardonnez-moi de briser ainsi votre cœur... mais j'ai lutté, combattu vainement... vainement, j'ai essayé de faire parler en moi la voix du devoir plus haut que la voix de l'amour... l'amour m'a vaincu.

Albert pleurait, il avait pris les mains de son père et les couvrait de baisers. Son père le repoussa tout à coup; puis, attachant sur lui un froid regard où le dédain et l'indignation étincelaient :

— Monsieur, lui dit-il, vous avez raison de vouloir quitter votre nom, car, s'il n'en était ainsi, après le langage que vous venez de tenir, je vous défendrais de le porter.

— Mon père!... supplia Albert d'une voix déchirante.

— Je ne suis plus votre père, répondit le marquis; je m'appelle Hector, marquis de Lancy, et jamais un Lancy ne fut le père de l'amant de mademoiselle de Vieux-Loup.

— Grâce! murmura encore Albert.

Le marquis retourna la tête, puis il regarda sa fille.

Dragonne avait les yeux baissés; elle comprenait par ses propres tortures ce que devait souffrir Albert.

— Mademoiselle Dragonne de Lancy, dit alors le marquis lentement et avec une froide énergie, vous nous disiez tout à l'heure, à madame votre mère et à moi, que vous ne vouliez point vous marier; il le faudra cependant, mademoiselle; il faudra que vous preniez un époux auquel je transmettrai mon nom et mon titre, car notre race ne doit point s'éteindre.

— Mon père, murmura Dragonne à son tour et d'une voix brisée.

— J'ordonne! dit froidement le marquis.

Puis il abaissa de nouveau son regard dédaigneux sur Albert.

— Relevez-vous, monsieur, lui dit-il; cessez de pleurer comme une femme à mes genoux; vous n'êtes plus mon fils, mais vous l'avez été. Écoutez-moi donc encore : il arrive quelquefois, il est arrivé que deux familles longtemps désunies en venaient enfin à une réconciliation, mais lorsque la poudre des siècles avait recouvert la cause de leur animosité séculaire. Il y a trente-cinq ans, monsieur, une réconciliation

Ah! maudite pouliche... Si encore vous ne m'aviez pas reconnu. (Page 63.)

entre les barons de Vieux-Loup et les marquis de Lancy était possible encore, car leur dernière querelle remontait à plus d'un siècle; mais aujourd'hui, monsieur, un nouvel abîme a été creusé, un nouveau ruisseau de sang a passé dans ce vallon qui sépare le manoir de la Châtaigneraie du château de la Fauconnière, et ce sang, qui fume encore, est celui du chevalier de Lancy, mon frère.

Le marquis fut subitement interrompu par un bruit extérieur. Des pas retentissaient dans l'antichambre; on annonça M. de Launay. Dragonne voulut se précipiter pour faire défendre la porte; le marquis s'y opposa d'un geste:

— Laissez, dit-il, laissez entrer M. de Launay, sa présence n'a rien d'inopportun; il est bon qu'un étranger assiste parfois à de pareilles scènes; au moins le monde saura que les vieillards valent mieux que les jeunes gens de ce siècle corrompu, où la mémoire des aïeux est éternellement foulée aux pieds.

Gaston entra et s'arrêta sur le seuil, à la vue d'Albert pleurant agenouillé aux pieds de son père, de la marquise muette et tremblante, de Dragonne debout, pâle et les yeux baissés, en proie à la double torture de son affection filiale et de son amour.

— Venez monsieur, lui dit le marquis, venez, car j'ai à vous entretenir de choses graves.

Gaston s'avança.

— Cet homme que vous voyez là, monsieur, continua le marquis, est mon fils, ou plutôt il l'était. Nous avons hérité de nos pères une haine de famille transmise de génération en génération; la fatalité a voulu que chaque fois que l'heure du deuil sonnait chez nous, en face de notre manoir, un autre manoir s'illuminât des girandoles d'une fête, et que, lorsque nous nous reprenions à la vie, au calme, au bonheur, un souffle de mort venant tout à coup de ce même manoir éteignît tout à coup la flamme encore vacillante de notre espérance.

« On dit bien, monsieur, que la foi chrétienne fait un devoir de pardonner, et l'on a raison. Je sais qu'à la longue les vieilles querelles doivent s'éteindre, que les siècles à venir ne peuvent être éternellement solidaires des siècles passés, et que les petits-neveux seraient fous d'avoir sans cesse l'épée à la main pour renouveler les différends de leurs aïeux. J'ai si bien compris cela, que, pendant toute ma vie, j'ai évité entre mes voisins et moi la moindre altercation, et peut-être fussé-je allé, un jour, leur tendre la main et leur demander la leur, s'ils n'avaient, hélas! ravivé notre haine commune par une nouvelle et sanglante agression.

« J'avais un frère, un noble jeune homme qui suivit nos princes en exil pendant la première révolution, combattit bravement pour eux et ne remit le pied sur le sol de la France qu'avec eux.

« Il revenait après vingt ans d'exil, de privations, de larmes, il revenait heureux du bonheur de ses maîtres, heureux de me revoir, enfin, après une séparation si cruelle et si longue ; incorporé dans la garde du roi, il avait demandé et obtenu un congé, il allait partir pour le Morvan, je l'attendais avec impatience... Il fut tué le matin du jour fixé pour son départ. Un Vieux-Loup l'aborda, le provoqua et prolongea ainsi cette traînée de sang qui remontait loin dans le passé. Eh bien ! monsieur, cet homme que vous voyez là, à mes pieds, pleurant comme une femme, ose me venir parler de son amour pour mademoiselle de Vieux-Loup... Et moi, qui pleure encore mon frère, je lui défends de jamais porter mon nom, je lui ordonne de sortir de ma présence.

— Monsieur le marquis... pria Gaston.

— Pardon, monsieur, reprit M. de Lancy, veuillez m'écouter un instant. A partir d'aujourd'hui, je n'ai plus de fils, et, cependant je tiens à mon nom, à l'avenir de ma race, il faut que Dragonne se marie et que je transmette mon titre et ma fortune à son époux. Je suis riche, ma famille est ancienne, nous avons une vieille réputation de loyauté et d'honneur en Morvan, je crois mon alliance honorable. Vous avez sauvé ma fille, monsieur, vous portez un vieux nom, voilà des titres suffisants et qui n'ont nul besoin d'être accompagnés d'une fortune grande ou petite. Vous voyez en ce moment mon honneur et l'avenir de ma race en souffrance ; si je vous offrais la main de ma fille... »

A ces derniers mots du marquis, Dragonne et Gaston reculèrent tous les deux et comme dominés par un subit effroi ; en même temps Albert de Lancy voulut reprendre les mains de son père, et murmura :

— Mon père... mon père... à cette heure suprême ne me maudissez point...

— Je vous maudis, au contraire ! répondit le marquis d'une voix tonnante.

Il regarda la pendule ; l'aiguille allait marquer minuit.

« Et, continua le marquis en dirigeant son doigt vers cette aiguille et puis vers un portrait de famille placé en face de la cheminée, et qui représentait le chevalier de Lancy à l'âge de vingt ans, et s'il est vrai, comme le prétend une vieille tradition de noblesse, que les aïeux sortent, au besoin, de leur tombe pour défendre à leurs descendants de les déshonorer, s'il est vrai qu'à minuit il est permis aux fantômes de se dépouiller de leur suaire, j'adjure l'ombre du chevalier de Lancy, mon frère, dont voilà le portrait, je l'adjure de paraître et de joindre sa malédiction à la mienne ! »

Ces paroles avaient été prononcées d'une voix grave à laquelle l'heure de minuit imprimait un cachet de conviction et de terrible solennité.

Ce vaste salon à tentures sombres, ces personnages muets, ce vieillard invoquant l'ombre des morts à l'appui de son honneur, tout cela avait une teinte lugubre et fantastique qui eût impressionné la nature la plus imbue de scepticisme.

Tous les regards, celui de Gaston lui-même, s'arrêtèrent avec une poignante anxiété sur cette pendule où l'heure solennelle allait retentir, et soudain, à la première vibration, la porte du fond s'ouvrit à deux battants et un laquais annonça :

— MONSIEUR LE CHEVALIER DE LANCY.

VII

Pendant les deux secondes qui s'écoulèrent entre l'annonce du laquais et l'apparition de ce personnage terrible évoqué par le marquis de Lancy, un silence de mort régna dans le grand salon de la Fauconnière ; toutes les poitrines se prirent à battre avec violence, l'effroi s'empara de tous, et Gaston, que son éducation parisienne rendait le plus brave en cette circonstance, recula d'un pas cependant.

Alors, un homme entra, et le marquis jeta un cri. On s'attendait à voir paraître un homme de quarante à cinquante ans, pâli par le trépas, et tel que devait être le chevalier de Lancy le jour de sa mort : au lieu de cela, c'était un jeune homme de vingt ans, brun, svelte et ressemblant au portrait indiqué naguère par le marquis, comme l'original ressemble à la copie.

On eût dit que ce portrait était peint de la veille et que l'homme qui entrait avait complaisamment posé devant l'artiste. Le costume seul était changé. Au lieu de l'uniforme d'enseigne de vaisseau du roi, le chevalier de Lancy portait celui de midshipman de la marine anglaise.

L'anxiété étreignait toutes les gorges, nul n'osa aller à sa rencontre, nul n'eut la force de répéter ce cri de surprise et de terreur échappé au marquis.

Le chevalier remarqua alors tous ces visages bouleversés, et il s'arrêta au milieu du salon, muet comme ceux au milieu desquels il arrivait.

Le marquis s'était couvert la face avec ses deux mains. Il paraissait vouloir chasser maintenant ce fantôme évoqué par lui.

— Grâce !... murmura-t-il enfin, grâce, mon frère, pour ce malheureux !

Et il désignait Albert.

— Ne le maudissez pas, mon frère, car il portera bien notre nom ; car, loin de nous déshonorer, il nous vengera...

Le marquis parlait d'une voix entrecoupée par la terreur, il frissonnait sur sa chaise longue et n'osait regarder le fantôme.

— Ah çà, mon oncle, répondit le chevalier ouvrant enfin la bouche, est-ce parce que j'arrive à minuit que vous me prenez pour une ombre ?

Ce mot : Mon oncle! produisit sur la muette assemblée une commotion électrique et délia toutes les langues.

— Mon oncle!... répéta-t-on avec une surprise plus grande encore peut-être que l'effroi qu'avait produit l'arrivée du mystérieux personnage.

Celui-ci s'avança alors vers le marquis stupéfait et lui dit :

— Mais regardez-moi bien, mon oncle, je suis vivant, parfaitement vivant, et je ne ressemble point à un fantôme.

— Mais qui donc êtes-vous? s'écria M. de Lancy.

— Je suis Oscar-Honoré de Lancy, votre neveu, le fils du chevalier de Lancy, votre frère.

— C'est impossible! murmura le marquis. Mon frère est mort...

— Hélas! dit le chevalier.

— Et mort sans enfants.

— Vous vous trompez, mon oncle, il a laissé un fils : ce fils, c'est moi.

— Quel âge avez-vous donc? demanda le vieillard.

— Vingt ans, mon oncle.

— Vous voyez bien que c'est impossible; il y a trente-deux ans que mon frère est mort, et cependant vous lui ressemblez... vous lui ressemblez à ce point, que j'ai cru que c'était lui... lui à vingt ans, comme il était lorsque nous nous séparâmes pour toujours.

— C'est tout simple, je suis son fils.

— Monsieur, dit sévèrement le marquis, n'abusez point d'un caprice étrange du hasard pour essayer de duper une honnète famille.

— Monsieur le marquis, interrompit froidement le chevalier de Lancy, et avec un accent de conviction et de franchise tel, que tous les personnages témoins de cette étrange scène se sentirent dominés, je me nomme Oscar-Honoré de Lancy, je suis officier de la marine anglaise, et je n'ai jamais trompé personne. Je vous dis vrai, je suis le fils du chevalier de Lancy, mort aux Indes le 1er février 1846, et non point à Paris en 1815, comme vous l'avez cru naguère.

Un double cri s'échappa de la gorge de Dragonne et de celle de Gaston; mais le doute revint aussitôt après, car ce dernier avait toujours entendu dire à son père qu'il avait tué le chevalier de Lancy d'un coup de quarte dans la poitrine, et Dragonne avait vu vingt fois l'extrait mortuaire du défunt dressé à la mairie du deuxième arrondissement de Paris.

— Monsieur le marquis, reprit le nouveau venu, connaissez-vous l'écriture de votre frère?

— Oui, dit le marquis.

— Cette écriture ne vous a-t-elle point semblé altérée en sa forme primitive, dans les lettres que vous avez reçues, sous l'Empire, de différentes villes d'Allemagne, bien que portant sa signature?

— Non, répondit le marquis, mon frère me faisait toujours écrire par son valet de chambre,

empêché qu'il était lui-même par une blessure à la main droite.

— Ah! fit le midshipman; mais reconnaîtriez-vous cependant et bien exactement cette écriture?

— Certainement.

— Alors, monsieur, avant de m'interroger de nouveau, avant que moi-même je vous donne aucune explication, veuillez ouvrir cette lettre.

Le marquis s'empara du pli qu'on lui tendait et en lut la suscription ainsi conçue :

« Au marquis de Lancy, mon frère, ou à ses descendants, si déjà il est trépassé. »

— C'est bien son écriture, murmura le marquis, et il ouvrit la lettre et poursuivit avec émotion, au milieu du silence et de l'étonnement général :

« Mon cher frère,

« Je ne sais si vous êtes encore de ce monde ; je ne sais pas, non plus, si vous n'environnez pas un imposteur de l'affection que vous me portiez. Je vous écris à mon lit de mort, après avoir oublié pendant près de cinquante années qui j'étais et le nom que j'avais reçu de nos pères. Si extraordinaire que vous paraisse ce début, écoutez-moi avec patience et laissez-moi vous dire mon étrange histoire. Au mois de novembre 1792, j'allais m'embarquer pour l'Angleterre avec mon valet de chambre Baptiste. Cet homme me ressemblait; il avait ma taille, mon âge ; il était brun comme moi, et l'intonation de sa voix se rapprochait singulièrement de la mienne... »

Le marquis tressaillit et s'arrêta, la lettre lui échappa des mains, Dragonne s'en saisit et poursuivit.

Le chevalier racontait ce que nos lecteurs savent déjà, c'est-à-dire les atroces péripéties du drame dont Baptiste et le père Kervan avaient été les héros, puis arrivé à ce moment où le tonneau qui l'enfermait avait été jeté à la mer, il disait :

« Lorsque je me sentis ballotté par les vagues, l'énergie qui m'avait jusque-là soutenu disparut; le délire me prit et je n'ai jamais su ce qui arriva. Au jour je me trouvai couché sur le pont d'un navire anglais parmi des visages inconnus. Chose étrange, la commotion que j'avais éprouvée était si grande que j'avais complétement perdu la mémoire et de ce qui s'était passé et de ce que j'étais la veille. Je ne me souvenais pas même de mon nom. En vain m'interrogea-t-on, il me fut impossible de répondre. On m'apprit qu'on m'avait entendu pousser des gémissements, que le tonneau, harponné et monté à bord, avait été défoncé... Tout cela m'étonna, et je ne pus fournir aucun renseignement.

« Cependant mes mains blanches, l'aisance avec laquelle je m'exprimais ne laissaient aucun doute sur ma position dans le monde; le docteur du bord, après m'avoir longuement interrogé, déclara que je n'étais nullement fou, mais que j'avais éprouvé une lésion dans le cervelet, et qu'il me serait impossible de me souvenir du passé.

« Le navire qui m'avait recueilli allait aux Indes; en route, il essuya une tempête; le commandant était retenu au lit par la fièvre, le commandant en second fut enlevé de son banc de quart par une lame et rejeté grièvement blessé sur le pont. Les autres officiers perdaient déjà la tête, lorsqu'un vague instinct de mon ancienne profession s'empara de moi. Je montai sur le banc de quart; on me regarda avec étonnement, j'ordonnai une manœuvre avec cette précision, cette netteté d'intonation qui dénote l'habitude du commandement; la manœuvre fut exécutée; le navire couché sur le flanc se redressa. Je continuai mon rôle de capitaine improvisé, et le gros temps se trouva dominé, vaincu bientôt. Trois heures après, j'étais tellement grandi aux yeux de l'équipage, qu'on me décerna, d'un commun accord, le titre de commandant provisoire. A n'en plus douter, j'étais officier de la marine française et je savais mon métier.

« Nous arrivâmes à Bombay. Le navire qui m'avait recueilli et que j'avais sauvé appartenait à la Compagnie des Indes. La Compagnie reconnaissante m'en donna le commandement, et comme je ne me souvenais toujours pas du passé, et qu'il m'était impossible de dire mon vrai nom, on m'appela le capitaine *Liberator*, en reconnaissance du service que j'avais rendu.

« Pendant trente années, mon cher frère, j'ai navigué sous pavillon anglais, sans me pouvoir souvenir, sans me douter même que j'avais été le chevalier de Lancy. Une blessure à la cuisse, reçue dans les guerres de l'Inde, me força à prendre ma retraite et à me vouer au commerce. Je fis fortune et me mariai. A l'heure où je vous écris j'ai un fils de vingt ans, officier de la marine anglaise, et je n'ai plus que quelques jours d'existence. On ne vit pas vieux sous le ciel indien; j'ai même dépassé de beaucoup la limite ordinaire de longévité sous nos climats; j'ai soixante et douze ans, et il est rare qu'on atteigne cet âge ici. Il y a huit jours, j'étais encore le capitaine *Liberator*, aujourd'hui je me souviens que je fus le chevalier de Lancy, et j'attribue à un miracle le retour de ma mémoire. Je suis attaqué d'une maladie qui ne pardonne point. Hier, j'avais autour de mon lit mon médecin, deux noirs qui me servent et mon fils Oscar-Honoré. Le docteur et mon fils causaient à voix basse, lorsque le premier dit tout à coup en jetant les yeux sur une gazette qui s'imprime à Calcutta :

« — Voici un singulier supplice que les Chinois seuls peuvent inventer. Tenez, lisez.

« Oscar prit la gazette et lut :

« Un mandarin de l'Est a trouvé un expédient nouveau pour se débarrasser des missionnaires chrétiens et de leurs néophytes. Il les fait enfermer dans une futaille et jeter à la mer par un temps bien calme, d'où il résulte que le tonneau flotte des journées entières avant d'être submergé. »

« Ces quelques lignes étaient fort simples, on m'avait dit vingt fois que j'avais été trouvé dans un tonneau poussé par les vagues. Jamais le souvenir du passé ne s'était présenté à mon esprit. Eh bien, à peine mon fils eut-il achevé, qu'un ébranlement se fit dans mon cerveau, que le voile qui obscurcissait ma mémoire se déchira, et soudain je vis se dérouler devant moi ma jeunesse dans ses plus minutieux détails, et le drame atroce dont j'avais été la victime dans la cabane du pêcheur. Je me souvins de tout, de notre vieux père, qui doit être mort à cette heure depuis bien des années; de vous, mon frère; de notre enfance écoulée dans notre Morvan, et du roi martyr, dans les rangs de l'armée duquel on m'attendait.

« J'ai voulu vous écrire; j'espère que vous êtes encore de ce monde que je vais quitter. Je vous envoie mon fils; si vous n'en avez, au moins notre nom ne s'éteindra pas.

« A vous et adieu pour toujours.

« Chevalier DE LANCY. »

Une violente émotion s'empara du marquis lorsqu'il eut terminé cette lettre, et puis, tout à coup, il ouvrit ses bras à son neveu, qui s'y précipita.

Après les premiers épanchements, Oscar de Lancy raconta qu'il était arrivé à Paris, où il avait pris des renseignements sur sa famille française. Là il avait appris qu'en 1815 un faux chevalier de Lancy avait été tué en duel par le baron de Vieux-Loup, et il avait tout d'abord reconnu l'infâme laquais qui, pendant vingt ans, avait porté le nom de son père.

Ces explications données, le jeune chevalier de Lancy demanda à son tour celle de la situation étrange où il avait trouvé tous les hôtes du grand salon de la Fauconnière. Le marquis lui raconta alors succinctement l'histoire des vieilles rancunes qui séparaient la maison de Lancy de la maison de Vieux-Loup.

Ce fut alors à Gaston à prendre la parole :

— Monsieur le marquis, dit-il, ne me disiez-vous point tout à l'heure que vous n'aviez pas hérité des préjugés de vos pères?

— En effet, monsieur, répondit le marquis.

— Et que, sans le meurtre récent du chevalier votre frère...

— J'eusse pardonné aux Vieux-Loup, oui, monsieur.

— Eh bien ! dit Gaston, vous le voyez, monsieur, ce meurtre était imaginaire. Feu le baron de Vieux-Loup a vengé, au contraire, le vrai chevalier de Lancy.

— Vous avez raison, monsieur, et s'il n'était pas mort...

— Pardon, interrompit Gaston, vous vous êtes un peu hâté de maudire M. Albert, votre fils.

— C'est vrai, soupira le marquis.

— Et je crois même que vous lui devriez tendre la main.

Albert poussa un cri et se jeta dans les bras du marquis, tandis que sa mère fondait en larmes et que Dragonne défaillante se laissait tomber sur un siége.

— Je serais donc d'avis, monsieur le marquis, poursuivit Gaston froidement, que vous eussiez le beau rôle dans la vieille querelle qui désunit les Vieux-Loup et les Lancy.

— Comment l'entendez-vous, monsieur? fit le marquis en tressaillant et dont le cœur se prit à battre au souvenir des paroles belliqueuses dont on avait bercé sa jeunesse.

— Albert est un bon et loyal jeune homme, poursuivit Gaston. Nature dévouée et tendre, exempte de passion et de haine, il s'est laissé prendre aux doux regards et au naïf sourire de Mignonne de Vieux-Loup, la plus charmante enfant qu'on puisse trouver. Ils se sont aimés tous les deux, ils s'aimeront toujours. Refuser de les unir serait une barbarie indigne de vous et des traditions de bonne loyauté de votre race.

Le marquis leva les yeux au ciel et ne répondit pas. Une dernière et suprème lutte s'éleva dans son cœur.

— Il serait beau, continua Gaston, de voir le marquis de Lancy se faire porter demain au manoir de la Châtaigneraie, aborder avec calme et dignité ces pourfendeurs innocents, ces têtes grises pleines de colère, ces cœurs remplis de bonhomie qu'on nomme les Vieux-Loup, et leur dire :

« Messieurs mes voisins, ne trouvez-vous pas qu'il est ridicule et fâcheux outre mesure que parce qu'il a plu à nos aïeux de se battre pour une belle et de s'enferrer maladroitement, nous nous regardions éternellement de mauvais œil? que nos deux manoirs qu'un vallon sépare se contemplent avec colère, et que les barons de Vieux-Loup ne puissent chasser dans le parc de la Fauconnière, pas plus que le marquis de Lancy dans les bois de la Châtaigneraie? Ne trouvez-vous point encore que lorsqu'on a fille et fils à marier, il est dur de s'en séparer et de les envoyer en pays lointain, alors qu'il serait si commode de les avoir près de soi, de les voir s'aimer et perpétuer deux bonnes vieilles races qui ne mentiront jamais à leur sang? Dites, monsieur le marquis, croyez-vous que les Lancy n'auraient point le beau rôle en agissant de la sorte? »

— Oh! mes pères! murmura le marquis déjà vaincu.

Et il attacha un regard humide sur les portraits de famille qui décoraient le salon, et sembla leur demander pardon de répudier enfin cet héritage de haine séculaire qu'ils lui avaient transmis. Puis il dit à Gaston :

— Soit, monsieur; admettons que je permette à mon fils d'épouser mademoiselle de Vieux-Loup, croyez-vous que ses oncles?...

— Je vous comprends, monsieur, mais j'ai le ferme espoir que ses oncles sacrifieront au bonheur de Mignonne leur rancune, qui n'est plus qu'un mot et un prétexte à forfanterie.

— Je ne sais... murmura le marquis.

— Je serai l'avocat de Mignonne et d'Albert.

— Vous connaissez donc ces messieurs? demanda M. de Lancy.

— Un peu, monsieur le marquis, et j'ai quelque confiance en mon habileté d'orateur.

Le marquis sourit, tendit de nouveau les bras à Albert et lui dit :

— Je vous autorise, mon fils, à demander la main de mademoiselle Mignonne de Vieux-Loup.

En ce moment, Gaston s'approcha de Dragonne, qui pleurait silencieusement dans un coin du salon :

— Dois-je parler encore, Dragonne, ma bien-aimée? murmura-t-il tout bas?

— Oui, répondit-elle d'une voix étouffée.

Gaston revint auprès du vieillard et lui prit affectueusement la main :

— Monsieur, dit-il, vous pensiez, tout à l'heure, que votre honneur était en souffrance, et vous vous êtes adressé à moi pour le restaurer?

— C'est juste, monsieur, répondit le marquis. je vous ai offert la main de ma fille.

— Et vous m'avez dit : « Vous avez sauvé mon enfant, vous portez un nom honorable, j'ai foi en votre loyauté. »

— Sans doute, dit le marquis.

— Peut-être avez-vous eu tort, monsieur le marquis.

Un geste d'étonnement échappa au vieillard.

— Veuillez m'écouter, monsieur, reprit Gaston. Je ne m'appelle point M. de Launay; je me suis introduit chez vous avec un but, et ce but vous eût paru criminel si je l'avais avoué.

— Monsieur!... fit le marquis au comble de l'étonnement.

— J'aime Dragonne de Lancy, votre fille, répondit Gaston.

Le marquis tourna ses regards vers Dragonne et s'aperçut qu'elle pleurait.

— Je l'aime, continua Gaston, et il y a une heure, je venais ici, monsieur, pour prendre congé de vous, afin de ne la revoir jamais.

— Mais votre véritable nom est donc entaché, monsieur! s'écria le marquis au comble de la stupéfaction.

— Non! plus à présent, mais tout à l'heure...

— Que voulez-vous dire?

— Je veux dire, articula lentement Gaston, que je vous demande formellement la main de mademoiselle de Lancy, moi, Gaston de Vieux-Loup, le fils de ce baron de Vieux-Loup que pendant trente années vous avez regardé comme le meurtrier du chevalier votre frère.

Le marquis fit un soubresaut sur son siége.

— Ah! murmura-t-il, c'en est trop.

Gaston alla prendre Dragonne par la main, il l'amena aux genoux du vieillard, il se courba lui-même devant lui et lui dit :

— Monsieur le marquis, savez-vous bien que ma vie tout entière sera consacrée à son bonheur?

Et Dragonne, enlaçant le vieillard de ses deux bras, ajouta :

— Refuserez-vous la main de votre fille, mon père, à celui qui vous la rendit saine et sauve ?

— Mon Dieu ! fit le marquis avec tristesse, mes aïeux ne me maudiront-ils pas ?

— Non, monsieur, répondit Gaston, car ils étaient chrétiens, et l'Évangile, qui fut leur loi et qui est la nôtre, commande de pardonner.

Puis Gaston se leva, posa la main sur sa poitrine et acheva :

— Monsieur le marquis de Lancy, moi, Gaston, baron de Vieux-Loup, le chef de ma race selon la lignée et le droit d'aînesse, je vous demande humblement pardon, en mon nom et en celui de cette même race, des torts que les Vieux-Loup eurent envers les Lancy, et je désire qu'une double union cimente à jamais la paix de nos deux familles.

Devant cette suprême démarche, en présence de cette excuse si noblement faite, le dernier scrupule, le dernier ressentiment du marquis devait tomber ; il étendit ses mains tremblantes sur les têtes de Dragonne et de Gaston agenouillés de nouveau, et il leur murmura doucement : — Mes enfants, aimez-vous toujours.

L'adhésion formelle de son père rendit à Dragonne ce courage viril qui l'avait si complètement abandonnée depuis quelques heures ; elle essuya ses beaux yeux, elle se redressa sans nouvelle faiblesse, et pressant la main de Gaston :

— Tout n'est point fini, lui dit-elle, il faut encore qu'Albert épouse Mignonne, et je me charge d'épouvanter ces dignes châtelains de la Châtaigneraie, de façon qu'ils ne puissent refuser.

— Dragonne, ma chère belle, murmura Gaston, ne renonceras-tu donc jamais à ce rôle d'héroïne qui vous va si bien, madame, mais qui est si peu en harmonie avec ton cœur d'ange et ta beauté de séraphin ?

— Si fait, répondit-elle, quand je m'appellerai la baronne de Vieux-Loup.

— Et... jusque-là ? demanda-t-il tendrement.

— Jusque-là, monsieur, je veux être cette Dragonne chasseresse qui poursuivait votre oncle Joseph à coups de pierres et causait si grand'peur aux valets de ferme de la Châtaigneraie, et à ce brave chevalier de Vieux-Loup, ce gros homme tout rond qui narre si bien l'histoire de la pieuse Mathilde et du galant Malek-Adel.

Gaston mit un baiser au front de Dragonne, un baiser que nul ne surprit et qui retentit au fond du cœur de la jeune fille comme la première strophe de ce long hymne d'amour qu'ils allaient désormais chanter tous les deux, sans crainte de voir apparaître l'ombre sanglante et courroucée de feu le chevalier de Lancy.

Qu'on nous permette de revenir sur nos pas une fois encore pour raconter un événement d'une nature différente, accompli une heure avant la scène que nous venons de décrire.

L'oncle Antoine ou, si vous le préférez, M. le chevalier de Vieux-Loup de la Châtaigneraie, était parti le matin pour Saint-Landry, où il y avait foire. Il allait traiter avec un riche meunier de Nevers pour la vente du blé de la Châtaigneraie, et en même temps pour acheter un petit cheval de race limousine qui pût servir à deux fins, la selle et le cabriolet, si toutefois on pouvait donner ce nom à l'antique patache que les deux gentilshommes avaient sous remise à la Châtaigneraie, et dans laquelle ils se faisaient voiturer lorsqu'ils se rendaient tous les deux dans les villages voisins.

L'oncle Antoine, malgré ses penchants à la littérature, une inclination des plus funestes, selon nous, aux mathématiques, était assez retors en affaires ; il s'entendait même beaucoup mieux à conclure un marché que M. le baron, son frère aîné, lequel lui abandonnait volontiers les négociations mercantiles, se réservant la direction agricole des fermes.

M. le chevalier de Vieux-Loup avait donc, le verre en main, dans un cabaret borgne de Saint-Landry, conclu en une heure un marché avantageux, qui avait été ratifié en espèces sur-le-champ. Le meunier avait délié un gros sac de cuir dont il avait répandu le contenu sur la table ; l'oncle Antoine avait élevé méthodiquement les piles d'écus et de louis, compté et recompté, puis il avait ouvert un gros sac de toile écrue et fait disparaître l'argent du meunier, qui changeait simplement ainsi de prison.

Le meunier devait faire enlever le blé le lendemain.

Cette première affaire terminée, M. le chevalier de Vieux-Loup était allé se promener sur le champ de foire et lorgner les chevaux qui s'y trouvaient, la queue embellie d'un bouchon de paille. Il était escorté dans cette pérégrination par Jean le sarcleur, ce grand benêt que les épithètes de Mignonne rendaient si joyeux. Jean se connaissait quelque peu en maquignonnage, et l'oncle Antoine l'avait emmené. En venant de Saint-Landry, Jean chemina, son bissac sur l'épaule, son bâton à la main, à côté du cheval de labour que montait M. le chevalier ; mais il avait la promesse de s'en retourner bien installé sur une selle, puisque le digne gentilhomme devait acheter un cheval.

L'oncle Antoine fureta longtemps sans s'arrêter à un choix ; cette bête-ci avait une vilaine robe, celle-là le garrot bas, une autre le jarret engorgé, une troisième la tête épaisse, une quatrième amblait ; Jean le sarcleur n'osait plus hasarder son avis et se disait tout bas que M. le chevalier ferait tant et si bien que lui, Jean, s'en retournerait piteusement à pied.

Jean se trompait. L'oncle Antoine avisa tout à coup une jolie pouliche berrichonne gris-defer, grêle de formes, l'œil saillant et plein de feu, et âgée de trois ans.

Le marché fut conclu en dix minutes ; mais le digne châtelain eut le tort de prolonger outre mesure la nouvelle séance que ce nouveau marché nécessitait, au cabaret de l'*Aigle Noir*, l'hôtellerie à la mode du bourg de Saint-Landry. On but beaucoup, on s'attarda, la brume vint. L'oncle Antoine réfléchit qu'un homme qui a bu beaucoup a grand besoin de dîner, et de Saint-Landry à la Châtaigneraie il y avait cinq bonnes lieues. Il proposa donc à Jean le sarcleur de dîner à l'*Aigle Noir* en sa compagnie. Jean accepta avec enthousiasme l'honneur de dîner avec son châtelain; ce qui fit qu'on but encore, et à neuf heures seulement M. le chevalier de Vieux-Loup de la Châtaigneraie mettait le pied à l'étrier et enfourchait la jolie pouliche, qui se cabra gentiment tout d'abord.

— Tu arriveras quand tu pourras, dit-il à Jean. Coco a le pas lourd, et il a fait une bonne trotte ce matin. Ménage-le; moi, je prends les devants.

— Prenez garde, sauf votre respect, monsieur le chevalier, observa Jean avec déférence, mais les chemins sont mauvais et cette bête me paraît loger le diable dans ses jambes.

— Bah! répondit le vieux gentilhomme, j'ai de bonnes traditions d'équitation, je m'en souviendrai.

Il roulait un peu sur sa selle en disant cela, il avait la tête chaude, et son gros ventre se trouvait mal à l'aise entre les pommeaux des arçons.

La pouliche partit au petit trot, puis elle allongea le pas, et puis, s'échauffant, elle prit le galop, et enfin elle sembla justifier, tant sa course devint rapide, l'opinion de Jean le sarcleur, qui avait prétendu qu'elle logeait le diable dans ses jambes.

VIII

Le digne gentilhomme, légèrement ému, essaya bien de retenir la pouliche et de modérer sa fantastique allure, mais la bête s'échauffait de plus en plus et tirait de nombreuses étincelles des cailloux du chemin, qui devenait de plus en plus mauvais, à mesure que la nuit s'épaississait et se trouvait envahie par ténèbres.

L'oncle Antoine commençait bien à se dégriser, mais la force lui manquait, il perdait insensiblement la tête, et il vint un moment où il roula si fort sur la selle, qu'il mit involontairement l'éperon dans le ventre de l'ardente bête qui prit le mors aux dents.

Dès lors, l'oncle Antoine se sentit en péril et appela au secours, mais nul ne l'entendit; puis pour comble de malheur, le coup de fusil d'un braconnier acheva d'épouvanter la pouliche qui, par un bond précipité, brisa à moitié les sangles de la selle, et le vieux cavalier, perdant l'aplomb, se trouva sous le ventre de sa monture, le pied engagé dans l'étrier, une jambe pendante, et se cramponnant avec terreur au

chanfrein, pour n'être point broyé par les cailloux.

Mais il était lourd, l'excellent chevalier de Vieux-Loup, son volumineux abdomen avait un poids énorme, le chanfrein commençait à céder, et le pauvre homme affolé, et voyant arriver le moment fatal où son dernier point d'appui se briserait et où il serait traîné par le pied sur la route de plus en plus pierreuse, se prit à pousser des cris lamentables.

Tout à coup, le chanfrein cassa; mais en ce moment aussi, la bête s'arrêta court; une main de fer lui avait, dans l'ombre, étreint les naseaux, et le digne gentilhomme, parvenant à se dégager, se releva tout meurtri, contusionné, mais, en somme, sain et sauf.

Son sauveur était un jeune homme, autant qu'on pouvait en juger, dans les ténèbres, à sa taille et à sa tournure.

L'oncle Antoine se précipita vers lui, les mains ouvertes et pénétré de reconnaissance... mais soudain il recula d'un pas et comme saisi de vertige, car son sauveur lui disait :

— Vous l'échappez belle, monsieur le chevalier de Vieux-Loup.

Cette voix, l'oncle Antoine la connaissait trop bien; c'était celle de Dragonne, de Dragonne qui venait de quitter Gaston et traversait la route au moment même où le chevalier se trouvait en si grand péril de mort.

— Cornes du diable! s'écria-t-il, suis-je donc assez malheureux pour devoir la vie à un Lancy en jupons?

— Bah! répondit Dragonne, je ne vous demande aucune reconnaissance.

— Corbleu! ma petite, il n'est pas moins vrai que sans vous...

— Dame! vous étiez mort avant dix minutes.

— Ah! maudite pouliche... Si encore vous ne m'aviez pas reconnu... si j'étais bien sûr que vous ne saviez pas... mais je criais...

— Alors même que vous n'eussiez pas crié, monsieur le chevalier, je vous aurais bien reconnu tout de suite... à votre gros ventre!

Et Dragonne s'éloigna en riant.

— Cornes de cerf! cornes du diable! jurait le chevalier, et dire que c'est ce démon de Dragonne qui me sauve... Ah! je ne me le pardonnerai de ma vie... Maintenant ces gens-là vont le publier partout, et ils auront le beau rôle... J'en rougis d'indignation!

Et l'honnête chevalier reprit en maugréant le chemin de la Châtaigneraie, regrettant jusqu'à un certain point de n'être pas mort.

Il eut grand'peine, tant il était bouleversé, à gravir les hauteurs de la Châtaigneraie pédestrement, car il ne se fiait plus à la maudite pouliche.

L'oncle Joseph et Mignonne étaient couchés; il était trop honteux de sa double mésaventure pour éprouver quelque besoin de la conter; aussi, après avoir attaché la pouliche au râtelier, gagna-t-il son lit en trébuchant et sans songer même à se procurer une lampe.

Ils s'étaient barricadés. Ces braves gens sont fous. (Page 67.)

Il se coucha sans lumière, et, le vin aidant, dormit jusqu'au lendemain neuf heures, le moment où les valets de ferme de la Châtaigneraie se réunissaient dans la vaste cuisine de la tour pour prendre le repas du matin.

L'honnête chevalier de Vieux-Loup avait fait les plus mauvais rêves. Dragonne de Lancy avait tourmenté son sommeil sous toutes les formes et dans toutes les attitudes; il avait essuyé dans son rêve plus d'un coup de fusil à gros sel, plus d'un coup de pierre bien ajusté.

En s'éveillant et se frottant les yeux, l'excellent homme se souvint du péril qu'il avait couru, de son ivresse, et surtout de sa libératrice. Un soupir rempli d'angoisses s'exhala de sa poitrine, et il quitta sa chambre honteux et triste comme ce renard pris par une poule, dont parle le bon La Fontaine.

L'oncle Joseph, lorsque son frère apparut sur le seuil de la cuisine, était assis dans son grand fauteuil, et son visage refrogné disait éloquemment qu'il savait déjà une partie de l'équipée nocturne de M. le chevalier de Vieux-Loup.

— Ah! vous voilà, monsieur mon cadet, dit-il avec humeur; vous dormez bien le lendemain d'un voyage.

— Quelle heure est-il donc, mon frère ? demanda l'oncle Antoine avec la timidité d'un enfant sévèrement admonesté par un grand parent.

— Neuf heures, mon frère.

— Je suis rentré tard, balbutia le chevalier.

— Pourtant, ricana l'oncle Joseph, la pouliche que vous avez achetée me paraît avoir la jambe grêle et le jarret solide.

— Ah! vous... l'avez vue? fit l'oncle Antoine, qui se prit à rougir comme une belle fille, malgré ses soixante ans révolus.

— Pardienne! ricana le baron, je lui ai même enlevé la selle qu'elle avait sous le ventre, au lieu de la porter sur le dos... Est-ce une façon à vous de monter à cheval, monsieur mon cadet?

— La maudite bête, balbutia l'oncle Antoine, a failli me tuer.

— A qui la faute, monsieur? Jean le sarcleur ne vous avait-il pas prévenu?... Mais, poursuivit le baron de Vieux-Loup, les jeunes gens ne doutent de rien; les chemins pierreux, la nuit, une bête affolée, qu'est-ce que cela? Ils vont toujours, quitte à arriver en mille morceaux.

— Ah! soupira l'oncle Antoine, c'est un coup de la Providence que je sois encore de ce monde, ou plutôt...

L'oncle Antoine se souvint de Dragonne, et se troubla tellement, qu'il balbutia, puis s'ar-

Quand vient le printemps, ils accourent en Morvan. (Page 68.)

rêta net. Il était si ému, le digne homme, que vainement on lui eût demandé la suite de ces belles histoires qui charmaient les veillées de la cuisine.

— Corbleu! monsieur, s'écria sévèrement M. le baron de Vieux-Loup, que vous est-il advenu de si terrible que vous vous arrêtiez court comme un bidet qui s'épouvante?

— J'en mourrai de honte, grommela l'oncle Antoine.

— Mais enfin...

— Eh bien! mon frère, répondit le bon chevalier qui fit un stoïque effort... eh bien! nous sommes déshonorés à tout jamais.

— Que voulez-vous dire, monsieur mon cadet? exclama l'oncle Joseph qui fit un soubresaut sur son siége.

— Je veux dire que moi, Antoine de Vieux-Loup de la Châtaigneraie, murmura piteusement le chevalier, je suis encore de ce monde parce qu'il existe des Lancy en Morvan.

La stupéfaction de l'oncle et des valets se trouva portée à son comble par ces derniers mots, et cependant nul n'osa interroger le chevalier, tant il était pâle et confus.

Il eut la force enfin de raconter d'une voix entrecoupée sa terrible aventure et comment il devait la vie à Dragonne. On l'écouta avec une sourde colère, car à la Châtaigneraie on détestait les Lancy autant que, à la Fauconnière, on abhorrait les Vieux-Loup. L'oncle Joseph cachait sa tête dans ses mains avec une douloureuse indignation.

— Cornes du diable! s'écria-t-il tout à coup, cette race maudite nous poursuivra donc partout et à toute heure!... Ah! j'ai le mot de l'énigme à présent... Les Lancy recherchent notre alliance.

— Ventre de daim! exclama l'oncle Antoine à son tour, que voulez-vous dire aussi, monsieur mon aîné?

— Mignonne .. murmura l'oncle Joseph.

M. le chevalier de Vieux-Loup était si troublé en pénétrant dans la cuisine, qu'il n'avait pas songé à demander où était Mignonne, et Mignonne, en effet, était absente.

— Mignonne! fit l'oncle Antoine, où donc est-elle?

— Dans sa chambre.

— Et pourquoi ne vient-elle pas déjeuner, cette petite?

— Parce qu'elle n'a pas faim.

— Hein! fit le digne chevalier, qui ne comprenait pas qu'on n'eût pas faim à seize ans.

— Elle n'a pas faim, murmura tristement le baron, parce qu'elle pleure.

— Elle pleure! exclama le cadet des Vieux-Loup... elle pleure!... Et pourquoi pleure-t-elle, monsieur mon aîné?

L'oncle Joseph haussa les épaules.

— Dites-moi donc, fit-il dédaigneusement, vous qui avez lu tant de livres où il est parlé des femmes, dans quelle circonstance il est possible de savoir ce que les femmes pensent et ce qu'elles éprouvent?...

— Mais enfin... elle ne pleure pas... sans raison?

— Non, certes; seulement elle ne veut point dire pourquoi. Je l'ai vainement questionnée pendant une heure, priant, caressant, grondant, la prenant sur mes genoux et l'appelant « ma chère petite belle, » ou la repoussant avec colère, et lui disant : « Allez vous cacher, vilaine sotte! » tout a été inutile. Elle se contentait de me répondre : « Je pleure, parce que je suis malheureuse!... »

— Elle est folle! murmura le chevalier de Vieux-Loup.

— Folle!... non, répondit l'oncle Joseph avec irritation; mais elle a été enjôlée par ce drôle d'Albert. Oh! les Lancy!... les Lancy!... quelle race maudite!...

— Cornes du diable! monsieur mon aîné, s'écria l'oncle Antoine, êtes-vous bien sûr de ce que vous dites là?

— Si j'en suis sûr, ventre de daim! riposta le baron; mais comment donc expliquer ces larmes?... Pourquoi pleure-t-elle?... Ne savez-vous pas qu'Albert et elle se sont rencontrés souvent? Qu'avant-hier encore...

La colère étouffa la fin de la phrase de M. le baron de Vieux-Loup et la fit dégénérer en un sourd gémissement.

— Ah! soupira l'oncle Antoine, si ce diable incarné de Dragonne ne m'avait pas arraché à la mort hier soir, je sais bien, monsieur mon aîné, ce que je vous aurais proposé...

— Eh bien! fit le châtelain, que me proposeriez-vous?

— Je vous aurais dit, monsieur mon aîné : Il y a assez longtemps que le manoir de la Fauconnière nous défigure le paysage et nous masque l'horizon; il faut en finir; nous allons nous mettre à la tête de nos vassaux...

L'oncle Joseph haussa les épaules.

— Vous avez la berlue, dit-il, et vous oubliez que nous n'avons plus de vassaux...

— C'est juste, murmura le petit homme ventru, je me crois toujours au temps des chevaliers de la Table-Ronde.

Un nouveau geste dédaigneux du châtelain accueillit ces paroles de son puîné.

— En attendant, murmura l'oncle Antoine désappointé, qu'allons-nous faire? Cette petite pleure à nous fendre le cœur. Je l'entends sangloter d'ici.

— Nous la mettrons au couvent.

— Belle consolation, ma foi! afin qu'elle prenne le voile comme mademoiselle de la Vallière, dont je lisais, il y a huit jours, la touchante histoire, ou qu'elle se fasse enlever par ce drôle d'Albert, favorisé par l'abbesse... Eh! mon Dieu! cela s'est vu.

— Oui, répondit ironiquement l'oncle Joseph, cela se voit dans tous ces romans de l'empire, dont vous me cassez la tête... mais pas ailleurs.

Il est probable que le colloque hargneux des deux frères se fût prolongé indéfiniment sans aucun profit pour la pauvre Mignonne qui continuait à pleurer, si une grande rumeur ne se fût élevée tout à coup dans la cour du manoir, que les valets avaient prudemment gagnée un à un pour se soustraire aux éclaboussures de la querelle qui ne pouvait manquer d'éclater entre les excellents gentilshommes, lesquels traduisaient souvent leurs querelles en bourrades que Jean le sarcleur et Lazare le bouvier avaient le guignon de happer au passage.

— Oh! oh! dit l'oncle Joseph; qu'est cela, s'il vous plaît?

Et il se leva pour gagner le corridor; mais soudain Jean le sarcleur apparut, le visage bouleversé.

— Monsieur le baron! dit-il, monsieur le baron! Ah! si vous saviez!...

— Eh bien! qu'est-ce donc? imbécile.

— Le diable!

— Que parles-tu du diable, maraud?

— Je me trompe, monsieur le baron, c'est mademoiselle Dragonne.

— Dragonne! firent les deux frères reculant tous deux.

— Oui, le démon, le diable, Dragonne qui vient! répéta Jean dont les dents claquaient de terreur.

— Qui vient ici? exclama le baron stupéfait.

— Ici, répondit Jean, avec son fusil...

— Seule?

— Non, avec trois hommes... Nous sommes perdus!...

— Cornes du diable!... s'écria l'oncle Joseph, c'est la Providence qui nous l'envoie... Nous allons la recevoir à coups de fusil, monsieur mon frère... Que tout le monde rentre, qu'on ferme les portes, qu'on charge les armes!...

— Oui, oui, répétait l'oncle Antoine... Les Lancy nous attaquent, eh bien! nous allons les recevoir... nous sommes Vieux-Loup, ventre de daim!...

Les ordres du baron Joseph de Vieux-Loup de la Châtaigneraie avaient été exécutés ponctuellement. Les valets, si souvent gourmandés à coups de crosse par la belle châtelaine et qui tremblaient d'ordinaire en entendant prononcer son nom, s'étaient tous réfugiés dans la cuisine et s'empressaient de barricader la porte de la tour, poussant les verrous, fermant les serrures et amoncelant dans les corridors les bahuts et les escabeaux. Ils s'attendaient à soutenir un véritable siége.

M. le baron de Vieux-Loup et le gros chevalier, son frère, avaient démoli pièce à pièce le vaste trophée qui surchargeait le manteau de l'âtre; ils avaient distribué les fusils, les vieilles épées, et ils armaient les carabines à double coup, tout cela en tremblant et agités d'une singulière émotion.

Mignonne accourut à ce vacarme ; elle pleurait encore ; mais l'étonnement arrêta le cours de ses larmes.

— Mon Dieu ! demanda-t-elle avec terreur, qu'arrive-t-il et qu'allez-vous donc faire ?

— Ce qui arrive ! fit l'oncle Antoine que la peur rendait féroce... il arrive, mademoiselle, que nous allons en finir avec les Lancy !

— Mon Dieu ! exclama Mignonne épouvantée et pâle, vous êtes fou !...

Pendant tous ces préparatifs de défense, Dragonne, qu'on avait vue gravir le sentier de la Châtaigneraie, venait d'atteindre le pont de sapins jeté sur le fossé du manoir.

Trois hommes étaient avec elle, ainsi que l'avait dit Jean le sarcleur, mais elle n'avait point de fusil, comme l'avait prétendu le paysan, et même elle était revêtue de ses habits de femme et ne portait à la main qu'une simple ombrelle rose à manche d'ivoire. Les trois hommes qui l'accompagnaient étaient, on le devine, Gaston, Albert et le jeune chevalier de Lancy, arrivé si à propos la veille.

Dragonne s'appuyait au bras de Gaston ; elle causait nonchalamment et se préoccupait fort peu de la façon dont ils allaient pénétrer dans le manoir, lorsqu'une voix partant du faîte de la tour se fit entendre :

— Qui êtes-vous et où allez-vous ? demandait cette voix qui dissimulait mal une certaine terreur sous son accent de menace.

— Oh ! oh !... fit Dragonne en riant, allons-nous être obligés de sonner à la herse et de mettre la lance au poing ?

— Pardieu ! s'écria Gaston, je crois que mes oncles ont vraiment perdu la tête ; voici des canons de fusil passant à toutes les croisées.

— N'avancez pas ! répéta la grosse voix.

— L'oncle Antoine ! murmura Gaston qui finit par apercevoir le digne chevalier de Vieux-Loup, un fusil à la main, à califourchon sur le rebord d'une croisée du deuxième étage.

Dragonne se prit à rire.

— Eh ! mon Dieu ! fit-elle, que vous prend-il donc, monsieur le chevalier ? Comptez-vous soutenir un siége ? Je vous jure cependant que nous n'avons pas, comme vous, l'intention de mettre le feu au manoir, et je n'ai, moi que vous craignez tant, d'autre arme que mon ombrelle.

Et Dragonne, peu soucieuse des canons de mousquet que les deux vieillards, ivres de peur bien plus qu'avides de vengeance, avaient innocemment braqués à toutes les fenêtres, Dragonne traversa la cour au bras de Gaston et vint frapper à la porte de la tour.

— Qui est là ? demanda la voix de l'oncle Joseph, voix non moins rude et non moins altérée que celle du gros chevalier.

— Une femme, répondit Dragonne ; et vous seriez bien aimable, monsieur le baron de Vieux-Loup, de lui ouvrir sans la moindre crainte, car elle n'a dans la main ni fusil chargé à sel, ni même un simple caillou.

— Allons, mon oncle, disait en même temps Gaston, ouvrez-nous donc, je vous prie : faut-il, par hasard, enfoncer la porte ?

La voix de son neveu modifia singulièrement les projets de défense de M. le baron de Vieux-Loup ; il donna des ordres, et Dragonne et ses compagnons entendirent à l'intérieur un grand remue-ménage de tables et de chaises.

— Bon ! fit Dragonne en riant, ils s'étaient barricadés. Ces braves gens sont fous.

Tandis que Dragonne attendait que la porte s'ouvrît, l'oncle Antoine avait le vertige à son poste de sentinelle. Il avait épaulé dix fois, dix fois la crosse de son fusil était retombée. La terreur s'emparait de lui à la pensée qu'il avait devant lui une femme, et que cette femme l'avait sauvé.

Au bout de dix minutes d'hésitations, de pourparlers et de conciliabules entre les deux châtelains, dont l'épouvante allait croissant, et leurs valets qui frissonnaient au seul nom de Dragonne, la porte de la tour finit par s'ouvrir, et mademoiselle de Lancy entrant, appuyée sur Gaston, se trouva face à face avec l'oncle Joseph, fort pâle et fort ému, et l'oncle Antoine, qui avait abandonné son poste d'observation et était rouge comme un coquelicot.

Dragonne était charmante dans son négligé du matin ; elle souriait avec rêverie et ne ressemblait à rien moins qu'à cette Dragonne chasseresse, à cette amazone redoutable qui pourchassait les Vieux-Loup, et dont l'imagination des honnêtes vieillards s'était singulièrement exagéré la férocité.

L'oncle Joseph et l'oncle Antoine, après avoir reculé devant elle, éprouvèrent quelque honte de tous ces préparatifs de défense ridicules que la jeune fille et Gaston remarquaient en réprimant à grand'peine un éclat de rire. Ils allèrent même jusqu'à ordonner aux cinq ou six valets qui tremblaient dans le coin le plus obscur de la cuisine, de déposer leurs armes, et eux-mêmes replacèrent au trophée leurs innocents fusils.

Dragonne s'assit alors dans le grand fauteuil à clous d'or, que l'oncle Antoine, obéissant à un instinct de courtoisie, mélangé peut-être d'un reste de terreur, lui avait avancé.

— Ah çà ! dit-elle en riant et regardant tour à tour les deux châtelains, je suis donc bien terrible, messieurs mes voisins, que vous prenez de telles précautions pour vous garer du manche de mon ombrelle. Regardez-moi donc, monsieur le baron, et vous, monsieur le chevalier, vous qui me devez un assez joli cierge depuis hier, et puis, dites-moi tous deux s'il est nécessaire, pour me recevoir, de distribuer des armes à cinq ou six lourdauds, d'armer vos fusils à double coup, et de barricader toutes les portes, ce qui fait frissonner et pleurer cette jolie enfant que je vois là, dans l'angle de la cheminée, ses beaux yeux remplis de larmes.

Et Diane tendit la main à Mignonne.

— Venez donc, ma petite cousine, lui dit-elle.

— Sa cousine! exclamèrent les deux vieillards avec stupéfaction.

— Pourquoi pas? répondit mademoiselle de Lancy, puisque j'épouse M. Gaston de Vieux-Loup, que voilà.

L'oncle Joseph recula, et ses cheveux se hérissèrent; l'oncle Antoine eut le vertige, et il crut un moment qu'il était encore au pouvoir de la pouliche qui le traînait sur les cailloux de la route.

— Mes chers oncles, dit alors Gaston, vous n'en voulez tant au marquis de Lancy que parce que, instinctivement, vous sentez que nous avons les plus grands torts, et que le meurtre de son frère, le chevalier, pèse sur votre conscience. Vous seriez moins disposés à haïr, si vous étiez moins coupables, aujourd'hui surtout, n'est-ce pas? Oh! l'un de vous n'est encore de ce monde que parce qu'il a plu à Dieu de placer des Lancy sur son chemin.

L'oncle Antoine baissa la tête et balbutia.

— Eh bien! reprit Gaston, rassurez-vous; mon père n'a point tué le chevalier de Lancy, mais son laquais. Le chevalier de Lancy est mort aux Indes l'année dernière, et voici son fils que je vous présente.

Là-dessus, Dragonne reprit la parole et narra si spirituellement l'histoire du chevalier, que l'oncle Antoine, qui prisait fort les conteurs et les contes, se sentit subjugué. L'oncle Joseph gardait cependant un silence farouche.

— Savez-vous bien, reprit Dragonne, que notre dernière querelle, messieurs mes voisins, date du règne de Louis XV, et qu'il y a plus de cent ans? N'est-ce pas qu'il serait temps que cela finît et qu'une des deux races fît des excuses à l'autre?

— Des excuses! exclamèrent les deux gentilshommes avec indignation.

— Mon Dieu! oui, répondit Dragonne, et ce sont les Lancy qui les font. Moi, Dragonne de Lancy, le diable incarné, comme vous dites, le véritable homme de la famille, ainsi que vous le prétendez, je vous fais humblement mes excuses, messieurs mes oncles.

Et la jeune fille prit la main des deux vieillards qui essayèrent bien de se dégager et de se débattre, mais demeurèrent fascinés par son sourire et sa douce voix.

— C'est drôle tout de même, murmura Jean le sarcleur à l'oreille de Lazare le bouvier, c'est une vraie enjôleuse que cette demoiselle.

— Et jolie! répondit Lazare avec une béate admiration.

— Messieurs mes oncles, acheva Dragonne en prenant Mignonne dans ses bras, je vous demande la main de ma cousine pour mon frère Albert.

Les dignes châtelains de la Châtaigneraie essayèrent bien de résister encore; mais ils avaient tremblé dix ans au seul nom de Dragonne, ils n'étaient pas assez forts pour lui résister. Elle les *enjôla*, pour justifier le mot de Jean le sarcleur.

Le soir même, M. le marquis de Lancy et M. le baron de Vieux-Loup se réconcilièrent publiquement. Le lendemain, il y eut un grand dîner de famille à la Fauconnière, et quinze jours après, dans la petite église de la Châtaigneraie, Gaston et Dragonne, Albert et Mignonne furent unis à la même heure et par le même prêtre qui avait *éduqué* Mignonne et l'avait rendue plus savante que lui.

Aujourd'hui, le marquis et la marquise sont morts, mais les excellents seigneurs de la Châtaigneraie vivent encore et se portent à merveille.

Quand vient le printemps, Dragonne et Gaston, Albert et Mignonne, qui habitent Paris, accourent en Morvan; et c'est alors entre les deux vieillards une lutte perpétuelle de petits soins, de délicatesses, de caresses et d'attentions pour cette jolie Mignonne et cette terrible Dragonne qui maniait si lestement le gourdin et la crosse de fusil.

Dragonne a renoncé à son justaucorps de chasse, elle ne tire plus l'épée ni le pistolet, mais elle se promène, son ombrelle sur l'épaule, dans les grands bois qui avoisinent la Châtaigneraie, au bras de l'oncle Antoine, avec lequel elle discute gravement romans et littérature. Quant à l'oncle Joseph, il dit souvent, en écoutant sa belle-nièce qui cherche à le distraire, car il tourne insensiblement à l'hypocondrie:

— Savez-vous bien, madame la baronne de Vieux-Loup, que vous lanciez les pierres comme un frondeur du moyen âge...

— Bah!... fait Dragonne piquée, vous vous en souvenez encore, mon bon oncle?

— Cornes du diable! répond le vieillard, comment ne m'en souviendrais-je, madame ma nièce? j'en porte les marques.

Et M. le baron de Vieux-Loup de la Châtaigneraie met un baiser au front de l'amazone, devenue la plus séduisante, la plus rêveuse de nos femmes du monde, et qui n'a conservé de Dragonne la chasseresse que cet amour ardent et profond qui naquit un soir dans les bois, entre les deux couplets d'une fanfare, et dont elle enveloppe toujours son Gaston bien-aimé, auquel parfois elle répète sur son piano:

> Holà! sus, Fanfare et Bellone,
>   L'aube luit,
> Et ma bonne trompe résonne
>   Avec bruit.
> Je vais vous découpler, mes belles,
>   Il le faut;
> Le cerf en verra de cruelles...
>   Tayaut!

FIN

Paris. — Imprimerie L. Poupart-Davyl, rue du Bac, 30.